聖女と悪魔の終身契約

水守糸子

富士見L文庫

Contents

Lifetime Contract Between a Saint and a Devil

聖女と悪魔の終身契約　人物紹介

エマ＝エヴァンズ
オランディア聖庁の退魔機関《聖女の杖》所属の退魔師。《聖女》の称号をもつ。かつてはオランディア王国の王女だったが、王室から除名された。魔物の襲撃事件で消えた双子の妹を捜している。

クロエ
エマと契約している魔物。千年のときをひとの間を渡りながら生きている。歴代の退魔師たちが祓えなかったほどの強大な力をもつ。

ナターリエ＝シルヴァ＝オランディア
オランディア聖庁を統べる聖爵《せいしゃく》。現国王の伯母であり、エマの血縁にあたる。

モモ
ナターリエの従者を務める少年。

フローレンス
エマの友人。修道院で生活するシスター。《聖女の杖》にも所属し、退魔師の後方支援を行っている。

カササギ
情報屋の男。変装で容姿を自由に変えられる。

マリア＝オルガ＝オランディア
エマの母で、元オランディア王国王妃。エマが幼い頃、魔物の襲撃事件で亡くなった。

リル
エマの妹。魔物の襲撃事件以来、姿を消した。

シャロン
リルカの街にある宿屋・ヤドカリ亭の少女。

サイモン＝オルコット
東部のユトリトを治める伯爵。

ダリア＝エリカ＝オランディア
現国王の第三妃。

序章

「エマ」

リルの声は鈴の音に似ている。

教会で司祭さまが祈禱《きとう》のときに使う、ちいさな二連の鈴だ。

「エマ。エマ」

だいすきな声。いつもそばにいた声。

ずっと聴いていたい。

「エーマ。エマってば！」

すこし乱暴に肩を揺さぶられて、エマはぱっと目をひらく。

自分とうりふたつの少女の顔が視界に飛び込んできた。

「もう、やっと起きた！」

こちらをのぞきこんだリルはぷうと頰をふくらませている。

「あれ？　わたし寝てた？」

「ええ、わたしの肩に頭をのせて、それはもうぐっすりと」

なだらかな肩をすくめ、呆《あき》れた風にリルが息をつく。

言われてみれば、首のあたりが寝違えたみたいに強張《こわば》っている。ふたりでいつものように離宮の物置部屋で遊んでいるうちに疲れて眠ってしまっていたらしい。

リルは六歳になるエマの双子の妹だ。

顔はうりふたつだが、なんにでも好奇心旺盛なリルと、常にひとの背に隠れがちなエマは双子とは思えないほどちがう。ただ、ふしぎと気は合って、王都から離れた丘陵に立つ白亜《はくあ》離宮と呼ばれる宮殿で、ふたりはいつだって一緒に遊んでいた。

ふたりの母親であるマリアはオランディア王国の王妃だったが、出産後は体調を崩し、エマとリルは王女でありながら王宮での暮らしをほとんど経験することなく、母とともに離宮に移り住んだ。

「ね、エマ？」

カンテラに集まるちいさな蛾《が》を手で追い払いつつ、リルは深青の眸《ひとみ》を意味深に細めた。口元ににんまりと笑みをのせている。経験上知っているけれど、こういうときのリルはろくなことを言わない。

「魔物を呼ぶひみつの呪文を唱えてみない？」

案の定、物騒なことを言い出したリルに、「えぇ……？」とエマは眉根を寄せた。

オランディアの子どもたちは、幼い頃から魔物にまつわる伝説を多く聞かされる。

いわく彼らは獣のすがたをしており、夜になると子どもを狩りに出かけるとか。あるいは賢者然とした老人で、ひとの願いを叶《かな》える代わりに魂を奪うとか。いやいや、うつくしい女のすがたをしていて、男をたちまち魅了するとか。たくさん話がありすぎて、逆にほんとうはどんなすがたをしているのかわからなくなるけど、こわいことにはちがいない。

「やだよ。こわいよ……。もしほんとうに現れたらどうするの？」

「現れるわけないじゃない。エマったらこわがりなんだもの」

リルはつまらなそうに唇を尖《とが》らせた。エマからすると、リルがどうして自信満々に「現れない」と言いきれるのかが謎だ。この妹は昔から根拠のない自信がなぜかある。

「……方法だけ聞く。どうやるの？」

「簡単よ」

ぱっと笑顔になり、リルはエマに耳打ちしてきた。糖蜜に似た甘い香りがエマの鼻をくすぐる。

「まずは鏡を用意してね――」

物置部屋の壁に立てかけられた、ふたりの身長ほどはある古い鏡を見つけ、リルがエマを鏡のまえへと引っ張る。曇りがちの暗い鏡面に、白銀の髪に深青の眸をしたふたりの少女が映った。

「中をじっとのぞきこんで――」

リルの手が鏡面をなぞるように動く。

「そして、そこに現れたもののなまえを呼ぶのよ」

「えっ、どうやって？」

そもそも呪文じゃないじゃない、と思いつつ、エマは尋ねた。鏡の中に急に魔物が現れるのもこわいが、エマは退魔師でも魔女でもないし、すぐに魔物のなまえがわかるはずがない。

「んー、確かに。どうやるんだろう？」

言われてきづいたらしく、リルは首をひねった。

なんだ、やっぱりいつものつくりばなしだった、とすこし安心して、「もう部屋に戻ろう？」とエマは妹の手を引っ張る。もうすぐお昼寝の時間だ。エマがきちんと寝台に戻っていないと、エマ付きの侍女が離宮中を捜し回るはめになる。

「まだ遊びたーい」

リルは駄々をこねたが、ひとりで置いて行かれるのはいやだったらしく、存外おとなしくエマについてきた。起きたらふたりでおやつを食べようね、と約束する。寝台の脇机に隠してある、菫《すみれ》の花の砂糖漬けが入った菓子器《ボンボニエール》。お菓子は三つあるからふたつはリルにあげよう。エマはおねえさんだし、ちょっとだけがまん。

微笑《ほほえ》み、エマはリルと手をつなぎあう。

けれど、次に目を覚ましたとき、となりで手をつないでいたはずの妹はいなくなっていた。

「リル……？」

リルがエマを置いてどこかに行くことはあまりないので、奇妙に思う。冷えてしまった手を握り込み、エマは昼寝をしていた寝台から下りた。

「リル、どこー？」

扉をあけて、午後の薄くなりはじめた陽が射《さ》す回廊をひとり歩く。この時間、いつもなら夕食の準備や部屋の掃除で使用人たちは回廊を行き交っているのに、今日はひとの気配がまるでない。丘陵らしいごうごうと唸《うな》る風だけが離宮の窓を叩《たた》いている。

「かあさま？」

体調がよいときは、ときどき侍女を連れて中庭を歩くこともある母のすがたも見当たらなかった。それにどこからか嗅ぎ慣れないにおいがする。なんだろう。中庭の錆《さ》びた鉄の門扉《もんぴ》がこんなにおいを発していた気がする。神経に障るいやなにおいだ。

においは回廊を進むごとにどんどん強くなっていく。

自分たちがさっきまで遊んでいた物置部屋の扉がなぜかひらきっぱなしのまま、風で揺れていた。出て行くときに確かに閉めたはずなのに、まさかリルがひとりで遊びに行ったのだろうか。

「リル？　いるの……？」

半開きの扉から部屋の中をおそるおそるのぞきこむと、

――ぐしゃっ！

何かが潰れるような音が爆《は》ぜて、エマの目のまえに赤黒い塊が落ちた。

思わず立ち止まったエマの爪先《つまさき》に赤い飛沫《ひまつ》がかかる。

（……これ、血？）

びくっとして顔を上げると、薄暗がりの中、母のマリアと、灰色のローブを着た男が鏡のまえに立っているのが見えた。

男のことは知っている。数日前に離宮にやってきたオランディア聖庁所属の退魔師だ。

離宮へは旅の途中で偶然立ち寄ったらしい。片目に眼帯をした男で、これまでたくさんの魔物を祓《はら》ってきたと言っていた。「あのひとかっこいいね」とエマが浮き立つと、「ええー、エマって趣味わるい……」とリルが胡乱《うろん》げな顔をしていたっけ。

「王女殿下？」

退魔師の男は驚いた風に目をみひらき、エマを見つめた。

銀の杭《くい》を持つ彼の手がエマのほうへと伸ばされ、しかし肩をつかむまえに手首ごと断ち切れて床に落下する。直後、左手、左脚、右脚もぜんぶばらばらに落ちた。まるで人形の関節の糸が見えない力でいっせいに断ち切られたかのようだ。

声にならない悲鳴がエマの咽喉を震わせる。

「エマ！」

マリアが険しい顔で叫ぶ。

「こちらに来てはだめっ！」

その下腹部から鮮血が霧のように噴き上がる。

「はあ……はあ……はあ……」

自分の呼吸の音がうるさい。

「はあ……うう っ……」

息が上がり、ばくばくと心臓が暴れ馬のように打ち鳴った。

「……リル……リル、どこお……？」

おそろしいものから逃げながら、人気《ひとけ》のない回廊を妹を捜して走る。

こんなに長く走り続けたことがエマにはなかった。息ができない。足がもつれる。

そのとき、後ろから何者かに足首をつかまれ、エマは転倒した。大理石の床に思いきり身体《からだ》を打ちつける。床に爪を立てようとしたが、赤い線を引くだけで、ずるずると後ろに引っ張られた。

「やだあっ！」

かぶりを振り、足をばたつかせる。目も鼻も口もないおぞましい塊がエマの左足首をつかんでいた。涙を滲《にじ》ませ、必死に身をよじりながら、エマは床を這《は》う塊を見つめる。

これはいったいなんなのだろう。

獣ではないし、うつくしい女でも、賢者然とした老人のすがたでもない。聞かされていた話とはぜんぜんちがう。でも、エマにはわかった。

これは魔物だ。

これが魔物だ。

「神さま……」

がくがくと身を震わせ、エマは手を組み合わせる。

「おねがいです、わたしたちをたすけて……おねがい……おねがい……」

いつもミサで使うロザリオは寝室に置いてきてしまっていた。組んだ手に額をくっつけて祈っていると、左足首の拘束がわずかに緩んだ。なんとか身体を起こそうとすれば、今度は肩をつかまれて引き倒される。誰の血なのかわからないものがびしゃびしゃと頭上から降った。熱くて、ひどいにおいだ。

「だれか……」

しゃくり上げ、エマは虚空に向かって手を伸ばす。

神さまじゃなくても、誰でもいい。誰でもいいから――

『魔物を呼ぶひみつの呪文を唱えてみない？』

遠のきかけた意識の片隅で、さっきリルが言っていた言葉が鮮やかによみがえった。

『まずは鏡を用意してね――』

リルの声に導かれるように、エマは赤い血だまりができた床に触れる。薄く延びた血だまりには白銀の髪を振り乱して泣く子どものすがたが映っていた。

『中をじっとのぞきこんで――』

エマの頬を伝った涙がいくつも下方に落ちる。そのうちの一粒が、とぷんと血だまりに吸い込まれて消えた。水滴を中心に波紋が広がる。雨が強く差したように大小の輪が次々生じ、今度は突然静かになった。

血だまりに映った自分のすがたに重なるようにして、若い男の背中が現れる。頬に触れた何かにきづいたようすで雫《しずく》を指で拭《ぬぐ》い、男はエマを振り返った。

「おやおや、まあまあ」

教会に飾られた聖人の絵から抜け出したかのような、うつくしい顔立ちをした男だった。この国ではあまり見かけない黒髪に琥珀《こはく》の眸《ひとみ》をしている。緩やかに持ち上がった口元には蠱惑《こわく》的な甘い微笑み。

「そんなところにいたのか、僕のお姫さま」

水鏡を隔てた向こう側から、彼は愉快そうに言葉を投げかけてくる。

いったい何が起きているのだろう。でも、確かに彼はエマを見つめ、エマに語りかけているようだ。

「おまえはだれ？」

「それは貴女《あなた》が決めるんだよ。ちいさくて愛らしいお姫さま」

ふしぎなことに、魔物につかまれていたはずの肩から痛みを感じない。あたりに充満した血の臭気もなくなっていた。それに視界が妙に明瞭だ。時空が切り離された別の場所で、エマと男だけが会話をしているみたいだ。

「わたしが決める……？」

「そう」

男は顎を引き、エマに一歩近づいた。

「貴女が僕の名を呼ぶ」

かつんと音がこだまして、足元に波紋がひとつ広がる。

『はい』と僕がこたえる」

暗闇の中で琥珀の眸が獣のようにひかった。

エマの背筋に悪寒に似た震えが走る。目をそらしたいのに、そらせない。

「あとは姫さまの思いのままに。何がほしい？　なんでも叶《かな》えてあげる」

「わ、わたしはおまえの名前なんか知らない……」

「嘘《うそ》だな」

エマのまえにかがむと、彼は鼻歌でも歌いだしそうな声で断じた。

「知ってるよ。ほんとうは知ってるのに、知らないふりをしているだけ。そうでしょ？」

ちがうと首を振ろうとして、エマは愕然《がくぜん》とする。

男の言うとおり、エマはなぜか男のなまえを知っている。誰に教えられたわけでもないのに、この男が何者なのかをエマはたぶんはじめから知っていた。

「…………」

口にしようとして、ためらった。

何か決定的なことが起こる予感がしてこわい。

今なら引き返せると、エマに残ったわずかな理性が言う。

今ならまだ。でも――。

「……エ…」

「うん、なに？」

「……『クロエ』」

こんな暗い場所にひとり置いていかれるのはこわくて、すごくこわくてたまらなかったから、転がるように血だまりの向こうに手を伸ばした。

「クロエ！　たすけてっ！」

直後、エマの肩をつかんでいた赤黒い塊が炎になって燃え上がった。

音階がおかしくなったチェンバロのような悲鳴が上がる。一瞬で燃え尽くされたそれは灰に変わり、四方に散らばった。

残った下半分の塊がすばやく動いて、薔薇《ばら》の茂みに飛び込む。追うように走った銀の火花がばちばちと宙で弾《はじ》け、薔薇の茂みでも火炎が噴き上がった。だが、焼け落ちた薔薇の残骸に赤黒い塊はいない。どこかへ逃げたようだ。

「意外とすばしっこいな」

頭上で息をつく気配があり、床にへたりこんでいるエマのまえに長身の影が差した。黒髪に琥珀の眸。口元にたたえられた甘い笑みには見覚えがある。

『クロエ』……？」

「はい、エマ」

血だまりの向こうにいたはずの男は、ひょいとエマのまえにかがむと、屈託なく微笑《ほほえ》んだ。そのすがたは獣でも、女でも、老人でもなく――。

「会いたかったよ、僕のお姫さま。呼んでくれてうれしいな？」

◆◇

十一年後、オランディア王国北東部。

「……さま…姫さま」

雪がちらつく中、列車はリルカの街に差し掛かろうとしていた。

まどろみの中にいた少女を男が起こす。

んん、と瞬きをする少女は十六、七歳か。

夜の底でひかりが瞬《またた》くような深青の眸がまず目を惹《ひ》く。下ろした白銀の髪は後ろで編み込んで髪飾りをつけ、精緻なレースを使った白のドレスに、裾のほうに刺繍《ししゅう》が入ったグレーのフードつきのローブをかけている。

となりに座る男は二十代半ばほど。異国情緒がある黒髪に琥珀の眸、甘やかな美貌には香りのつよい花のような艶《あで》やかさがある。男は糊《のり》の利いたシャツに漆黒の三《み》つ揃《ぞろ》いを着ていた。

兄妹《きょうだい》か、あるいはどこかの令嬢とおつきの男か。

一見すると、判別ができない奇妙なふたり組である。

「おめざめですか、姫さま」

長い足を組み直し、男が惜しみなく微笑んだ。その手には一冊の本がおさまっている。

移動中、うたた寝をしていた少女に対して、男のほうは暇つぶしに本を読んでいたようだ。

ちいさくあくびをして、少女がこたえた。

「すごくいやな夢を見た。おまえの夢だ」

「光栄だなあ。次は肩でなく胸をお貸ししますよ。なんなら膝でも」

「結構だ。おまえの膝はごつごつしていて体温も低いし」

「はいはい。僕の姫さまは相変わらずつれなくて、悪口ばかりでかわいいな」

肩をすくめ、男は本を閉じる。少女にやられっぱなしだが、まるで意に介した風ではない。むしろ楽しげですらある。少女のほうも、男とのやりとりはもう忘れたようすで、列車の窓からなだらかに広がる海浜を見つめた。

「昔は眠るときも僕にくっついて離れない姫さまだったのにね？」

「……いつの話をしているんだ？」

「貴女が僕の腰にも届かないくらいちいさかった頃だよ」

「覚えてない」

「またまた。ほんとうは覚えているくせにさ」

「覚えてないってば」

会話の応酬をするあいだも、少女は窓から目を離さない。海を見つめる横顔は精緻に整った人形のようだが、頬はわずかに紅潮していた。「海がすきなの？」と男が訊《き》くと、「べつに」と首を振る。でも、すきそうだ。彼女はすきなものを素直にすきと言わない。言えない。そういう性格をしている。
海面すれすれを鳥の群れが飛んでいた。
白く力強い翼に少女は手を伸ばす。伸ばす。伸ばす。
届くまえに窓ガラスに指があたった。
ふん、と唇を尖《とが》らせ、少女は足元の荷物を持ち上げる。
海岸線が途切れ、列車が徐々に速度を落とす。市街地に入ったのだ。
「降りるぞ、クロエ」
「はい、エマ」
よどみない足取りで扉に向かった少女を男が追いかける。
男はクロエ。千年ものあいだ、ひとの世を渡る魔物である。
少女はエマ。《オランディアの聖女》の異名を持つ当代随一の退魔師である。

一章　聖女の来訪とリルカの魔獣

一

クロエはエマのことをよく嘘吐《うそつ》きだと言う。

腹立たしいけれど、当たってはいる。エマは嘘吐きだ。しかも平然と嘘をつく。

白銀の雪が舞う中、エマが馬車から降り立つと、教会の広場に集まっていたひとびとから は歓声が上がった。エマをひと目見ようと押し合いへし合いして警官に怒られる者、エマを目に映すなり滂沱《ぼうだ》の涙を流す者、地に伏して祈りの言葉をただ繰り返す者。

反応はまちまちだが、一貫して彼らの目によぎるのは熱っぽい信仰心だ。

「ようこそ、リルカへ。お待ちしておりました、《オランディアの聖女》さま」

エマを迎えたのは四十過ぎの男で、ノークスと名乗った。リルカの市長だ。

数か月前から魔獣の襲撃に悩まされているリルカの街に、エマは退魔のために呼ばれた。

「《オランディアの聖女》が来たなら、もう安心ね」

「これまでも無傷で魔物を祓《はら》ってきたんだろう？」

「聖女さまにはとくべつな加護があるんですって。ちかづくと、魔物のほうが勝手に燃え上がって滅びるのよ」

そこかしこで交わされる囁《ささや》き声の中を、エマは背筋を伸ばして歩く。雑音など何も聞こえないかのような足取りは超然としていて、ひるがえる白銀の髪はひかりの帯をまとっている。まるで宗教画から抜け出た聖女そのものだ。

聖堂には、正面の巨大な薔薇窓からひかりが射している。堂内を進み、白百合《しらゆり》が生けられた祭壇のまえに立つと、エマは緩やかにドレスを広げてかがんだ。背後で聖堂の扉が閉められる。集まっていたひとびとの喧騒《けんそう》が遮断され、水を打ったような静寂が落ちた。

「主なる神さま――」

手を組み合わせ、エマは祈りの言葉を唱える。

エマの声は高くも低くもなく、教会の鐘のようにふしぎとよく通る。

あ、と壁に並んでいた若い助祭が驚いて声を上げた。

「花が……」

祭壇に飾ってあった白百合の蕾《つぼみ》がゆっくりひらき、甘い香りがこぼれだす。

微《かす》かなどよめきが聖堂を包む中、エマは祈禱《きとう》を終えた。

「神はわたしたちとともに在ります」

ドレスの裾をふわりと揺らして立ち上がると、エマは誰にともなく告げた。

落ち着き払った声が少女らしい容貌とちぐはぐで、それなのに、すべてを含めて《オランディアの聖女》なのだと思わせる存在感が彼女にはある。オランディアにおいて、退魔師は聖職者である。だからかもしれない。

「裁きはくだり、悪《あ》しき魔獣は必ず祓われるでしょう」

息をのんで聞き入る司教たちの横で、エマの相棒だけが声を出さずにわらっていた。


「やりすぎだ！」

部屋のドアを閉めるなりエマは言った。

ノークスが用意した部屋は、天蓋つきの豪奢《ごうしゃ》な寝台が鎮座し、調度も舶来の一級品がそろえられている。厚意はありがたいのだが、この部屋は一日だけでよいな、と思った。落ち着かない。

「なにが？」

エマがローブを脱ぐのを手伝いながら、クロエが尋ねた。皺《しわ》にならないようハンガーに吊《つ》るして、ブラシをかける。

ノークスが用意したのか、窓辺にも一輪の白百合が飾られていた。この時季に咲いているということは、温室で育てられた高級品だろう。

花瓶から抜いたそれをクロエに突きつけると、「おや、くれるの？」とわざとずれたことを言った。それから、視線を冷たくするエマに観念した風に肩をすくめる。

ブラシを置いたクロエがぱちんと指を鳴らすと、閉じていた百合の花がみるみるひらき、芳香を放った。簡易な魔術なら、クロエは息をするように使う。

「僕のかわいい姫さまがより神々しく見えるように、ちょっと演出しただけじゃない？」

「若い助祭がきづいて、ぽかんとしていただろう」

「《オランディアの聖女》伝説に一文が加わっただけだよ。いまさら、いまさら」

手から抜き取った白百合を、クロエはエマの髪に飾った。かわいーい、と軽薄な賛辞を寄越す。黙っているときは気品や教養を感じさせないでもないけれど、クロエはひとたび口をひらけば、ろくなことを言わない。

「いいか。いつも言っているけど、余計なことは何もするな」

「余計なことって？　たとえば？」

「おまえの場合、荷物持ち以外の何もかもだ」

「それだと何もできなくなっちゃわない？」

つまらなそうにつぶやくクロエを軽く睨《にら》むと、エマは髪に挿された花を花瓶に戻した。ついでに髪飾りも取って、長椅子のうえでごろんと芋虫のように丸まる。聖堂で見せた超然としたすがたはもうどこにもない。ノークスたちがその場にいれば、聖女さまはどうされたのだろう？とあわてふためいただろうが、クロエは慣れたもので、濡《ぬ》らしたハンカチをエマに差し出した。

「相変わらず、ひよわな姫さまだなあ」

「ひよわじゃない」

「ひよわでしょう。言い逃れできないくらいひよわでしょう？」

「うるさい」

額に触れようとしたクロエの手をぺしりと払い、エマはハンカチを受け取った。

熱で頭がぼうっとして、身体《からだ》が鉛のように重い。

ただの風邪や疲れならある意味よいのだが、エマの場合、これが平常なのだ。ふつうにいつも、体力が尽きかけている。エマはよく無表情で無愛想だといわれる。超然としていると勘違いされることもある。もともとの性格もあるけれど、ひよわのせいでもある。泣いたりわらったりするのは結構体力がいるのだ。ひよわでもあかるいひとは、きっともとが爆発的に陽気にちがいない。

数か月前から出没するようになった魔獣を祓うため、エマは王都からリルカの街にやってきた。オランディア聖庁に上がった報告によると、最初の犠牲者は街の外れに住む十六歳の薬師《くすし》の少女、サラ＝オーガストンだったという。彼女は街の共同墓地で、首を切り裂かれた無残なすがたで発見された。そばには獣の毛が落ちていたため、野獣のしわざではないかと考えられたが、ほかに痕跡が見つけられないまま、二人目、三人目の犠牲者を出したあと、つい先日、夜間に街の巡回をしていた警官が襲われた。

一緒に回っていた警官は、夜闇《よやみ》から飛び出した黒い獣らしきものを見たと証言した。それは銃で撃たれてもびくともせず、ひとりを噛《か》み殺したあと、暗がりにまた消えたのだという。襲撃場所にはやはり数本の獣の毛が残されており、街の司祭が聖水につけると、ぶくぶくと泡を立てて濁った。魔のものを示す証《あかし》だ。

すぐにリルカ市長はオランディア聖庁に専門の聖職者――退魔師の派遣を要請した。こうして遣わされたのが《オランディアの聖女》ことエマと相棒のクロエである。ちなみに聖庁から連絡が入ったとき、エマはめずらしくちょっと元気で、唯一の友人とカフェでお茶をしていた。今はご覧のとおりである。この仕事がすきな人間なんてあまりいない気がするけれど、給金をもらっている以上、依頼が入れば受けざるを得ない。それにエマが追う「白亜離宮《はくあ》の魔物」の情報は、聖庁にいたほうが入りやすい。

「クロエ」

長椅子に身を預けたまま、エマはクロエを呼んだ。

陶器が触れ合う音がしている。お茶を淹《い》れているのかもしれない。

「街に入って何か感じたか？」

「んー、とくに何もー？」

「聖堂でも？」

「そうだね」

湯が注がれる音のあと、薬草の澄んだ香りがふわりと漂ってくる。

クロエは旅に出るときにも十数種類の薬草を携帯していて、エマの体調にあわせて薬草茶を調合する。今は解熱作用があるものを淹れているのだろう。こういうものこそ簡易な魔術を使えばいいのに、クロエいわく、こういうものだからこそ手順を踏んで行うほうがよいらしい。そのこだわりがエマにはよくわからない。とりあえず、クロエが淹れるお茶はおいしい。

「蜂蜜はひと匙《さじ》？」

「ふた匙」

とろりと黄金の蜜を溶かした薬草茶を、身を起こして受け取る。

息を吹きかけると、数種の薬草の香りが鼻をくすぐった。一口飲む。

「どうです？」

「……ふつう」

悪態をつくと、「つまりおいしいってことだね」とにやにやされた。

「うぬぼれるな。ふつうだ、ふつう」

「うんうん」

「うれしそうな顔をするな」

もう一口飲むと、カップを膝のうえに下ろして、エマは窓からリルカの街を見下ろした。

家々のあかりが夜闇に無数に灯《とも》っている。魔獣が四人もの人間を襲撃したなんて嘘《うそ》のような静けさだ。エマが来たことで、ノークスをはじめとした街のひとびとは安心したようだが、エマだけはすこしも安心していない。街のどこかにひそんでいる魔獣を見つけ出さなければ襲撃がやまないとわかっているからだ。

ほんとうはああいう見世物みたいな祈禱を皆のまえでやりたくはないのだけど、オランディア聖庁を統べる聖爵《せいしゃく》ナターリエは、街に入ったときの祈禱と、街から去るときの祈禱だけは退魔師たちに必ずやらせる。ひとびとから恐怖や不安を取り除くためだという。

——もう大丈夫。神はわたしたちとともに在る。悪しき魔物は必ず祓われる。

そういう自分でも信じていないことをもっともらしく言うのは、気が引ける。けれど、もう何年も続けているので、言葉は勝手によどみなく出てくる。祭壇のまえで心にもない言葉を口にするエマを、クロエはよく嘘《うそ》吐《つ》きだとわらった。

「あしたはどうするの、姫さま？」

「まずは犠牲者の確認だな。あとでノークスに市警に取り次ぐよう伝えておいて」

「着いて早々、よく働くねえ」

「いつかこの仕事で稼いだお金で、自分の家を買うのが夢だから」

「今もあるじゃない。王都に」

「あれはひとに借りているものだから、わたしのじゃない」

自分の力で手に入れた家というのが大事なのだ。間取りも調度も好きにできる。どんな家を買うかはもう決めていた。おおきな家。日当たりのいい家だ。

空にしたカップをテーブルに置くと、エマは再び長椅子に横になった。となりに腰掛けたクロエが、乱れた髪を軽く梳《す》いてくる。うすく目をひらくと、エマは身体をすこし動かし、男の膝のうえに頭をのせた。「ごつごつして嫌なんじゃなかったの？」とからかうようにわらわれる。きらいだ。でも、ないよりはいい。言葉にするのが億劫《おっくう》で、まどろみに身をゆだねて瞼《まぶた》を閉じた。

二

「前から思っていたけど」

クロエはエマのフードつきのローブをまじまじと見つめて言った。

「聖庁って服の趣味がわるくない？」

裾に刺繍《ししゅう》がほどこされた灰色のローブは、オランディア聖庁から支給される退魔師の正装なのだが、クロエは気に入っていない。「だって、ちっともかわいくないじゃない」というのがクロエの言い分である。

「わるくはないだろう。ナターリエは実用を重んじているだけで」

「実用？」

「汚れが目立たない」

膝下まで覆うローブを見下ろし、エマは主張する。

クロエはとたんに噴き出した。

「汚れってなに？　血とか肉片とか？　朝食のパンくずとか？」

「なんでおまえはすこし機嫌がわるそうなんだ？」

「僕の姫さまには、いつだってかわいい格好をしていてほしいんだよ」

「わたしは動きやすければなんでもいいのだけど」

「この議論は平行線だな」

エマの荷物——箱型の鞄《かばん》は今はクロエが運んでいる。

大陸の端に位置するオランディア王国の玄関口にあたるリルカは、街自体が坂に沿ってつくられており、市警まではのぼり坂が続いていた。

年に一度の冬至祭《とうじさい》が近い。メインストリートに立ち並ぶガス灯には、星や月をかたどったオーナメントが吊《つ》るされ、家々の扉のまえには手作りのランタンが置かれている。

「姫さま。ねえ、おもしろいものがあるよ」

エマのすこし先を歩くクロエは、祭り用の仮面が並ぶ店先を指して言った。リルカのメインストリートだけに、行き交うひとびとの数は多い。多くは旅装で、老若男女、髪や目の色もさまざまだ。

「王都よりもよっぽどにぎやかだねえ」

「リルカには王国きっての貿易港があるからな。旅人も多く集まるんだ」

話していると、エマにきづいた街のひとびとが「ほら、あれ……」「《オランディアの》……」と囁《ささや》き出した。目が合うと、拝む人間まで現れる。なんだか落ち着かない。

「あのう、聖庁派遣の退魔師どのですか？」

横から声をかけられたとき、はじめエマは聖女をありがたがる街の誰かだと思った。だが予想に反して、紺の警官服を着崩した三十過ぎの男が敬礼する。リルカ市警の警官だろうか。エマも祈禱《きとう》の仕草を模した退魔師風の礼を返した。

「《聖女の杖《つえ》》所属の退魔師、エマ＝エヴァンズだ。……あなたは市警の？」

「あ、はい。モリスです。お迎えに上がるのが遅くなりました」

昨晩、市長のノークスを通じて、市警には連絡を入れていた。

ちなみにノークスが《オランディアの聖女》のために用意した豪華な一室は、一日で出ていくことにした。リルカには魔祓《まばら》いのために来たのに、毎日贅《ぜい》を尽くして接待をされていたらたまらない。

「こちらはクロエ。わたしの、いちおう助手だ。ほんとうにいちおうだ」

「よろしく。とくに役には立たないので、姫さまとどうぞがんばってください？」

糖蜜のような甘い微笑で、ろくでもない挨拶をするクロエに、「はあ……」とモリスは目礼をした。冗談と思うことにしたのだろう。

「ええと、ではまず市警に向かいましょうか。ご覧になりたいと仰《おっしゃ》っていた犠牲者の遺体が保管されています。詳細は聞いていらっしゃいます？」

「もらった報告には目を通してある。犠牲者は四人になると」

「現場の検分は俺もしました。しばらく何も食えなくなりましたよ……」

ぶるっと身を震わせて、モリスは憂鬱そうな息をついた。

報告には、四人ぶんの遺体の写真が添えてあった。とくに四人目の被害者にあたる警官、ヴァン＝カーティスは遺体の損傷が激しく、判別ができなかったくらいだ。一人目、二人目、三人目……被害が広がるにつれ、どんどん凄惨になっている点は気になる。

「カーティスと一緒に襲われたやつなんですが、一命はとりとめたんですけど、うわごとばかりでろくに話もできなくて。《黒の獣》がやってきた、あれのしわざだって繰り返すばかりなんです」

「《黒の獣》？」

エマは眉をひそめた。

「ああ、昔からリルカの街に棲《す》むっていわれている魔獣ですね。外見は犬とか狼《おおかみ》に似ていて、霧のように現れてまたどこかへと消えるとか。墓地の守り主なんて話もあります。俺もこんなことが起きるまで、御伽噺《おとぎばなし》のたぐいだと思っていたんですけど」

オランディア王国は、魔女の呪いを受けた国といわれている。

千年前、オランディア国王への貢ぎものとして献上された異国の魔女が、契約した魔物を使って災禍を引き起こした。結果、大陸諸国でもひときわ異界との境界がひずみ、千年を経た今もなお、魔物の出没があとを絶たない。これに対応するために組織されたのがオランディア聖庁に属する退魔機関《聖女の杖》で、エマも《聖女の杖》所属の退魔師だ。

「エヴァンズさんって、あの有名な《オランディアの聖女》なんですよね？　とくべつな加護を受けているから、ちかづくと魔物のほうが勝手に焼け滅びるっていう」

期待のこもった眼差《まなざ》しで見つめられ、エマはつい顔をしかめた。

「……あー、まあ」

「やっぱりそうなんですか。すごいなあ」

――十三歳のとき、依頼で赴いたちいさな田舎町で、飛翔《ひしょう》する魔物の群れに遭遇したことがあった。町の人間たちを逃がしていると、追いついた魔物が子どものひとりに向かって急降下した。とっさに子どもは突き飛ばしたが、自分のほうが逃げ遅れた。尖《とが》った爪がエマに迫る。瞬間、魔物の鼻先で銀の火花が散り、巨体が勝手に燃え上がった。どこからともなく飛んできた銀の矢が魔物を射貫《いぬ》いたのだ。エマが仕事をしていると、こういうことがときどきある。

——あれはきっと神の裁きにちがいない。

——とくべつな加護を受けた聖なる乙女！

白銀の髪に深青の眸《ひとみ》。さながら宗教画から抜け出た聖女そのもののようなエマの容姿もあいまって噂《うわさ》は広がり、さらに噂自体を煽《あお》るかのように聖庁を統べる聖爵ナターリエは二年前、エマに《聖女》の称号を授けた。ひときわ功績のある聖職者に与えられる称号だ。

かくして、とくべつな加護をもって魔物を祓《はら》う《オランディアの聖女》はひとびとの信仰の的になっている。エマから抜け出した名前だけがひとり歩きをしている状態ともいえる。どうでもいいが、少々の面倒くささはあって、とくに派遣地でたびたびひとから拝まれるのは困る。体力なしのエマは拝まれるより、早くベッドで眠りたい。

天国までの道のりのように長く感じられる急坂をのぼると、ようやくリルカ市警の庁舎が見えてきた。

「遺体はここの地下室に保管してあります」

外の見張りに挨拶をしたモリスが言った。

「ただ、ご婦人にはいささか刺激が強いかも……」

「問題ない。見慣れてる」

「……でしょうね」

ガス灯がついた階段をモリスについてくだる。

外気が途絶え、ひんやりした黴臭《かびくさ》い冷気が足元から立ちのぼる。

「こちらです」とモリスが地下室の鍵をあけた。

手にしたカンテラをモリスが入口付近に吊り下げると、暗い室内が見通せるようになる。

窓のない部屋には木製の棺桶《かんおけ》が鎮座していた。モリスいわく、事故に遭った遺体や、身寄りがない遺体が土葬されるまでこの場所に一時的に預けられているらしい。棺桶につけられた木札を確認し、モリスが蓋をあけた。一人目の犠牲者、サラ＝オーガストンだ。

死後、数か月が経《た》つため、少女の膚《はだ》は土色に変わっている。

さっき見慣れているとは言ったが、子ども——とくに若い娘の遺体はエマはちょっとだけ苦手だ。十一年前にすがたを消した妹と重ねてしまうから。

遺体の頬に触れた。つめたい。

土色の頬をすこし撫《な》ぜたあと、エマは感傷を心のうちから追い出した。

あらためて観察する。腐敗がさほど進んでいないのは、防腐処理をほどこしていることと、この寒さのためだろう。しかし一瞥《いちべつ》しただけでは魔獣か、ただの獣のしわざかわからない。うーんと腕を組み、「どう思う?」とクロエに尋ねる。

「さあねえ。食べ残しを見せられて、誰が食べたかわかる?って訊《き》かれても。大きさ的には狼じゃない？」

「そんなことはわたしでもわかる」

「じゃあ、きっと全員やったのは魔獣だよ」

「…………」

　適当すぎて絶句した。いつものことだが、いちおうの助手に期待をしてはいけない。

　息をつき、エマは髪飾りから銀針を抜いた。聖水に百日浸《つ》けていたもので、低位の魔物除《よ》けや魔物判定になる。

　銀針をまずは最後に襲われた警官の傷口にあてる。ほどなく尖った針の先から、獣肉をいぶすようなにおいの黒煙が上がった。二人目、三人目の犠牲者にも同じことを繰り返す。どちらの傷口からも黒煙がたちのぼる。唯一、はじめに犠牲になったといわれる少女——サラ＝オーガストンだけ、針の反応がなかった。

「彼女だけは魔獣に襲われたわけじゃないのか」

「なら、ふつうに獣のしわざってこと？」

「傷口を見てみろ。損傷がひどくてわかりづらいけど、鋭利な刃物による傷にも見える。ちいさな街で同時期に被害が出たから、同じもののしわざだと考えられたのかもしれないけど」

少女の首についた傷をエマが示すと、「ええ、いいよお……」とクロエが顔を引きつらせてエマの背に逃げた。

「姫さま、よくそんなもの凝視できるね？」

「だって、ただの死体だろう」

こわがる意味がわからない。不憫《ふびん》だとは思うが。

「ただの死体だからこわいんだよ。もうやることは済んだでしょ。とっとと出ようよ、モリス警部も飽きてるよ」

「えっ、自分はそんなことは」

いきなり水を向けられたモリスはぶんぶんと首を横に振る。

「こんな辛気臭いところ、幽霊とか出そうでこわい」

「おまえがそれをこわがるのか」

千年以上生きる魔物のくせに、とエマは呆《あき》れた。

「姫さまはこわいものなしだから、いいよね。ひよわのくせに」

「ひよわは今関係ないだろう」

わかったから、と追い払うように手を振ると、「いいの？」とクロエはほっと息をついた。

そそくさと部屋から出ていく背中を見やり、「あの方って結局、なんの助手なんです？」とモリスが小声で尋ねた。まるで仕事をしていないように見えるが、本人に直接訊くのはさすがにはばかられたのだろう。「さあ」と首を振り、エマは別のことを尋ねた。

「サラ＝オーガストンは街の外れに住んでいた薬師《くすし》の少女……だったな？」

「ええ、どこかの国から流れてそのまま住み着いたみたいで。以前は似た境遇のばばさまが面倒をみてたんですけど、数年前に死んでからはサラひとりでしたね。……俺たちのあいだじゃ、彼女たちは『魔女』って呼ばれていて」

「魔女？」

「得体の知れない薬草を育てたり煎じたりしているから魔女じゃないかと。子どもが熱を出したときとか助けてもらったりもしたんで、教会に訴えるやつはいなかったけど」

モリスは考え込むように口をひらいたり閉じたりしたあと、サラの遺体がおさめられた棺《ひつぎ》を見た。エマを促して遺体の保管室を出ると、やっと口をひらく。まるで遺体のサラに聞かせるのをこわがっているかのようなそぶりだ。

「魔獣の話が出てから、皆こっそり言ってるんですよね。《黒の獣》はじつは魔女が呼び出したんじゃないかって……」

坂道を歩きながら、クロエは鼻歌をうたっている。

エマがモリス警部から聞き取りや報告書を借り受けているあいだに、外で子どもたちに教えてもらったらしい。クロエはどこに行っても、子どもたちとすぐに仲良くなるし、女たちには異様に好かれるし、男たちには嫌われる。ちなみにエマは人間全般とうまくやれなくて、友人もほとんどいない。対人能力は魔物のほうが上だ。

「姫さま、なんで機嫌がわるいのさ。荷物持ちならしてるでしょ」

「べつに何も言ってない」

「かわいらしいのに凶悪な顔をしているよ。もしかして、僕が姫さまの仕事中に外をほっつき歩いていたせい？　子どもたちからもらったおやつ、姫さまも要る？」

ポケットからおやつが入っているらしい袋を取り出したクロエに、「要らない」とエマは顔をしかめた。息が上がっている。坂道続きのリルカの街はエマには天敵だ。箱型鞄《かばん》を片手に軽快に歩くクロエが恨めしい。くそ。健康な身体《からだ》がほしい。あと家。おおきな家。ベッドはふかふかの天蓋つきで決定だ。

モリスに手配してもらった宿の住所が書かれた紙片に目を落とし、エマはガス灯に掛けられた銅板で番地を確認する。近くだ、とあたりを見回していると、ヤドカリとスプーンが描かれた丸看板が目に入った。

「ヤドカリ亭……？」

「きゃっ」

すぐそばで上がった声に、エマは瞬きをする。

店先のランプに火を入れていた少女が、驚いた風にエマを仰ぐ。歳《とし》は十歳前後だろうか。やわらかそうな栗《くり》色の髪を左右で三つ編みにしてリボンを結び、若草色のワンピースを着ている。

「もしかして、《オランディアの聖女》さま？」

「そうだけど……」

口ごもったエマに代わり、クロエが愛想よく微笑《ほほえ》んだ。

「そうだよー、このひとは僕の姫さま。君はヤドカリ亭のお嬢さん？」

「シャロンです。……聖女さまじゃなくて、『姫さま』なの？」

クロエが使った呼称が引っかかったらしく、少女はふしぎそうな顔をした。

確かにエマはもとはオランディア姓を持つこの国の王女だ。でも今はそうではないし、よく考えると、相棒に呼ばせる呼称として「姫さま」というのは大仰すぎる。出会った頃からクロエは「姫さま」と呼ぶから、気にしていなかった。

「できれば、エマのほうで呼んでくれ。ええと、シャロン？」

ばつのわるさを感じつつ名乗ると、「うん！」と少女ははにかみがちに微笑んだ。

「今日は聖女さまがいらっしゃるって聞いたから、おかあさんとお部屋を掃除して待ってたんだよ」

「そうなのか。ありがとう」

少女のすがたに双子の妹のことを思い出して、エマは目を細めた。基本的に警戒心は強いほうだと思うが、例外としてエマは子どもには弱い。

「おかあさーん！　聖女さまがいらしたよ」

ドアをひらいて、シャロンが中に声をかけると、「あらあら」とふくよかな女性が顔を出した。モリス警部にこの宿を手配してもらったことやしばらくのあいだ逗留《とうりゅう》させてもらうことを伝える。おかみさんはモリス警部の奥さんらしい。すでに話は聞いていたらしく、「王都からはるばるリルカまでたいへんでしたねえ」とのんびりと労《いたわ》った。

「聖女さま、退魔師ってどんなお仕事？　聖女さまは魔法が使えるの？」

二階にある貸し部屋に案内するあいだ、シャロンはそわそわと質問する。

「シャロン」

おかみさんが困ったようすで注意するが、あまり聞いていない。

オランディア聖庁に退魔機関が存在することは知られているが、そうそう人前に現れるものではないので、どこの派遣地に行ってもめずらしがられることが多い。大人とちがって子どもたちは興味もあけすけだ。エマはちいさくわらった。

「使えないよ。退魔師の仕事は、わるい魔物の退治だ」

「でも魔法が使えないのに、どうやって退治するの？」

「やり方はいろいろあるけれど……。ううん、あまりひとには言えないんだ」

「ええー、知りたい」

「シャロン。お客さまをあまり困らせないの」

おかみさんに諭され、シャロンはしゅんと一度口をつぐんだ。

「お部屋は一緒でよかったですか？　一応空きもありますけれど」

貸し部屋をあけて、おかみさんが尋ねた。

エマとクロエの関係は、はた目には判じづらい。兄妹《きょうだい》にも見えるし、どこかの令嬢と従者にも、飼い主と情夫にも見えるらしい。おそらくクロエのよすぎる見た目と浮ついた言動のせいだろう。「ああ」とうなずいたエマに、「ふたりは恋人なの？」とシャロンが訊いた。

「――ですって、エマ？」

クロエはなぜか機嫌がよい。

「彼はわたしの仕事の助手だ」とエマはモリスにしたのと同じ説明を繰り返した。

「あまり役に立たないから、おもに荷物持ちをさせている」

「そうそう。姫さまは人使いが荒くて、昼も夜もご奉仕がたいへんなんです」

シャロンはわかったようなわからないような顔をしたが、おかみさんのほうは「まあ」と頬を染めた。絶対ちがう方向に勘違いをしている。なんだ夜って。淫猥《いんわい》な。

ふたりがいる手前、いつものようには文句を言えないので、エマはクロエを軽く睨《にら》む。

「そうだ、シャロン。お客さまの水差しを取り替えてきてあげて」

脇机に置いてあった水差しが空になっていたことにきづいて、おかみさんが言った。

「はあい」

水差しを抱え、階下に向かった娘を見送ると、「あの子、聖女さまがいらっしゃると聞いて喜んでしまって」と苦笑する。

「数か月まえに友だちを亡くして、しばらくのあいだはふさぎがちでしたから……。あんなに元気そうなあの子を見るのは久しぶりなんです。聖女さまのおかげだわ」

「友だちを亡くした？」

「ええ。例の魔獣被害の……」

「サラ＝オーガストンか」

聞けば、シャロンは以前からサラを慕って、彼女の家にときどき遊びに行っていたのだという。

十歳のシャロンと十六歳のサラ。友人というにはすこし年が離れているが、シャロンにとって薬師のサラは物知りな姉のような存在だったらしい。

「泣いているあの子によくあなたの話をしたんです。《オランディアの聖女》がいつだってわたしたちのために祈っているからと」

純粋な敬意をこめた眼差《まなざ》しで見つめられ、エマは居心地がわるくなる。

そんなたいそうなものじゃない、と思わず口にしたくなったが、シャロンが戻ってくる足音が聞こえたので、息を逃してこらえた。

「きれーい。銀のあかりがどこも灯《とも》って幻想的だな」

部屋にふたりきりになると、クロエはたてつけのわるい窓をあけた。

「リルカでは、冬至祭はこうして祝うらしい。あかりは祖霊を呼ぶために掲げるとか」

「幽霊なんて、訪ねてきたらこわくない？」

「おまえはこわがりだな」

箱型鞄をひらきつつ、エマはちいさくわらった。

ひとではないのに、クロエには苦手なものが多い。最たるものが幽霊で、魔物からすると、肉体が消滅したあともふわふわ漂う霊体はたいそう不気味らしい。霊体とはつまり魂なので、魔物なら好みそうなものだが、「人間だって百日外で放置された肉なんて食べないでしょ」と以前怒られた。言われてみればそうかという気もしてくる。

人間ってこわい、とクロエはときどき言っている。

魂ならこの世界の万物が持っているけれど、死んだあと天国にも地獄にも向かわず、霊体としてとどまることがあるのは人間だけらしい。それほどに人間の感情は強く、そして尾を引く。──たとえば、エマが今もずっと母親たちを殺した「白亜離宮の魔物」を追いかけているように。同じ日にいなくなってしまった妹を捜し続けているように。

「姫さま？」

目のまえで手を振られて、エマは瞬きをする。

「疲れてるなら、お茶を淹《い》れましょうか？　さっき露店で買った焼き菓子があるけど」

「リルカで？　いつのまに」

「貴女《あなた》がぜいぜい息を切らしていたあいだだよ」

意地悪く口の端を上げたクロエに、エマは顔をしかめる。

とはいえ、おなかがすいてきたのは事実だ。

依頼内容がどんなに凄惨だろうと、エマは聖人ではないので、夕食の時間になれば、ふつうに腹は減る。というか、ここでくじけているようなら退魔師を続けることはできない。食べるのはすきだ。胃も弱いので、たくさんは食べられないけれど。

「夕食を食べに行こう。リルカはラム肉の煮込み料理が有名だった気がする」

「あとはベリーソースをかけたマッシュポテトに、赤ワインも。行こう、姫さま。話していたら、おなかが減ってきた」

クロエが閉めた窓の外では、銀のあかりが海を泳ぐ魚たちのように揺れている。

一度は脱いだローブをかけ直し、エマは窓から離れた。


「ラム肉のグレイビーソースがけ、シチュー、牡蠣《かき》とサーモンおまたせ！」

威勢のよい声とともに、大皿にのった料理がテーブルに運ばれてくる。

リルカ駅に近い目抜き通りにはパブが多く立っている。真冬にもかかわらず店内は満員で、エマとクロエは道にせり出したテーブル席のほうに案内された。

「……頼みすぎていないか？」

円卓をはみ出そうなくらいの皿の数に、エマは眉をひそめる。

「姫さまが残したぶんは僕が食べるから平気だよ」

クロエは機嫌よくフォークとナイフを使って、小皿に料理を取り分ける。まずはエマのぶんから。仕事の助手としてはほぼ使いものにならないが、クロエはこういう些細《ささい》な気は利く。魔物のくせに紳士である。

「このシチュー、ビールを使って煮込んでいるらしいよ。まろやかでおいしい」

促されて一口食べると、確かにおいしい。

シチューに息を吹きかけつつ、エマはひとびとが往来する通りに目を向けた。

「《黒の獣》の伝説は結構古くからこの街にあるらしいな」

「ああ、犬だか狼《おおかみ》だかに似てるって警部が言ってたね」

「魔獣伝説はリルカ以外でもあちこちに残っていて、たいていは森に隣接した街が多い。街の人間が不用意に森に入って、野獣に喰《く》われないようにする……教訓のために生まれた伝説も多いんだってナターリエが前に言ってた」

「でもここは港町だよね。森もないし」

「そう。だから、逆に信憑《しんぴょう》性がある。ただ気になることもあって――」

話していると、「姫さま」とクロエが不機嫌そうな声を出した。

「手が止まってる。せっかくの料理が冷めちゃうよ」

「おまえはわたしの母親か？」

エマはむっと眉間に皺《しわ》を寄せた。

「似たようなものじゃない？　貴女が六歳の頃からお仕えしているし」

「わたしは絶対に嫌」

こいつに育てられたとは思いたくない。

クロエはマッシュポテトも取り分け、ラズベリーソースをかけて渡した。自身は切り分けたラム肉を口に運ぶ。つられてもそもそと料理を食べつつ、エマは先ほど口にしかけたことを考える。

気になっているのは、モリス警部から聞いた《黒の獣》がもとは墓地の守り主だったという話だ。ただ、伝説とは異なり、被害者になった四人――サラ＝オーガストンを除いた三人の遺体は、港に近い広場や路地裏といった、墓地とはちがう場所で発見されている。

（何かのはずみに魔獣が外に出て、ひとの味を覚えた？）

もともと《黒の獣》は墓地を守るだけの害の少ない魔獣だった。

それが従来のテリトリーを踏み越えて外に出た結果、ひとの味を覚え、襲撃を重ねるようになってしまった。そう考えれば、立て続けに犠牲者が出ている状況にも説明がつく。

そして、おそらくは魔獣を捕まえるまで被害は止まらない。犠牲者が増えるにつれ、どんどん殺し方が凄惨になっているのも気がかりではある。凶暴化しているのだ。

リルカ市警は市民に夜間の外出を控えるよう呼び掛けているらしいけれど、何しろ旅人たちの街だ。今もパブは大勢の旅人でにぎわっているし、いちばんの稼ぎどきである冬至祭の時季に店を閉めさせるのは難しい。

（そしてもうひとつ）

――《黒の獣》はじつは魔女が呼び出したんじゃないかって……。

モリスは暗にサラが魔獣を呼び出したのではないかと言いたそうだった。

可能性はありうる。ただ、だとしたらなぜサラ自身が死んでしまったのかは気になる。しかも、魔獣ではなく、ただの獣か、ひとにつけられた傷でだ。いったいサラに何があったのだろう？

考えていると、ブブ……と虫の羽音に似た音が耳に触れた。

エマは音がしたほうを振り返る。通りにせり出したテーブルで飲食を楽しむひとびとに、黒い靄《もや》がかった人影がまぎれこんでいる。目も鼻も口もないそれは、何かを探すようにテーブルのあいだをさまよっているが、エマ以外にきづいているひとはいない。

「……亡霊か」

ひとが多く集まる場所には亡霊も集まりやすい。身体《からだ》を失い、魂だけの存在になったまま、とり憑《つ》く相手を探しているのだ。ふつうは淡く透けているが、黒い靄がかって見えるのは、生前の死に方や罪科のせいで、悪霊がかっているためだ。

「放っておきなよ」

ボーイに追加でワインとミートパイを頼みながら、クロエが言った。

「あんなの、とり憑いたところで、今晩ちょっと悪夢を見せるくらいのもんだよ。どうせすぐに消える。お給金が出ない仕事は、姫さまきらいじゃない？」

亡霊が苦手なクロエはいつも御託を並べて、自分からは決して近づきたがらない。

「まあそうなんだけど」

「今はディナー中でしょ」

「そうだけど」

クロエの言うとおり、給金外の仕事はきらいだ。キリがないからだ。

とはいえ、見なかったことにして放っておくのも寝覚めがわるい。こんなことなら、はじめからきづかなければよかった。そのわりに、エマは結構あれこれきづかなくてもよいことにきづいてしまう。なぜだろう。自分でも謎だ。とりあえず気になって睡眠が足りなくなるほうが、ひよわな身体には深刻なので、もう追いかけてしまう。

「おまえはひとりでディナーでもしてて」

財布から数枚の紙幣を引き抜き、テーブルに置く。すばやく身をひるがえしたエマに、

「おひとよし……」とクロエが悪態をつく声が聞こえた。

エマにきづかれたことを察したのか、黒い靄がとり憑こうとしていた人間から離れ、坂道をするするとのぼる。人気《ひとけ》がないほうへ逃げようとしているようだ。パブが並んだ目抜き通りを外れると、船から降ろした積み荷をしまう倉庫が立ち並ぶ区画が現れる。このあたりにはガス灯が設置されていないため、月明かり以外のひかりはない。

細長く伸びた靄が倉庫の裏に消えた。

待て、と声をかけようとして、息が上がっていることにきづく。鼓動がうるさい。

震える両膝に手をついて息を整えていると、後ろからひょいと身体を抱き上げられた。

「もー、姫さまといると、おちおちディナーも満喫できない」

エマのフードから銀の小鳥を引っ張り出して、クロエが息をつく。エマがどこにいても見失わないよう、クロエは魔術で編んだ使い魔をエマにつけている。ふつうの鳥よりもやや小ぶりの使い魔は、クロエの手の中でふるっと身を震わせると、銀の灰に戻った。

「なんだ。幽霊はきらいなんじゃなかったのか」

「きらいですとも。おひとよしな主人を持つとほんとうにたいへん。――それで姫さまのディナーを邪魔する不届き者はどこ?」

手のうえの灰を風に流して、クロエが尋ねる。魔物であるクロエに見えていないはずはないので、わざと訊《き》いている。

「あっちだ」

倉庫の陰に滑り込んだ靄を指さし、エマはクロエの外套《がいとう》を引っ張った。

「でもおまえは何もしなくていい。わたしの足になっていればいいから」

「はーい。姫さまの仰せのままに」

顎を引き、クロエはエマを抱えて駆け出す。

クロエの首に左腕を回してしがみつき、エマはあいたほうの右手で髪飾りから銀針を抜いた。遺体の魔獣判定にも使ったもので、表面にはびっしり聖句が彫り込まれている。倉庫に這《は》う水道管のうえで跳ねた黒い靄に狙いを定め、エマは銀針を投擲《とうてき》した。

黒い靄の中心を射貫《いぬ》いた針が、壁に靄を縫い留《と》める。

針を起点に靄が花のように燃え上がった。

虫の羽音に似た耳障りな音がして、黒い靄がはらはらと剝がれ落ちる。代わりに現れたのは、淡く透けた十五、六歳の少女だ。右目の下に並んだ七つのほくろに見覚えがあり、エマは目を眇《すが》める。

「あなたはサラだろう。サラ＝オーガストン」

実際にエマが見たのは棺《ひつぎ》におさまる変わり果てたすがたのほうだったが、すぐにわかった。おそらく獣に襲われるか、誰かに殺されたあと、悪霊になりかけたまま街をさまよっていたのだ。

名前で呼びかけると、少女は肩を震わせ、はじめてエマを見た。

身をよじって逃げ出そうとした少女に、「待て!」とエマは声を張る。

「言いたいことがあるなら聞く。あなたはどうして死んだんだ?」

生前、何らかの執着を残したために地上に縛られる亡霊は、心残りがなくなれば、自然と天に向かうという。サラの場合はおそらく不慮の死のためだろう。そう思って尋ねたのだが、サラは驚いた風に瞬きをした。

――あたしって……死んだの?

澄んだ目で尋ね返され、「え」とエマは口ごもる。

「いや、それは……わからない」

どうやらサラは死んだ記憶自体を失っているようだ。

――あなた、《オランディアの聖女》でしょう? 聖堂で見たわ。

何かを探るようにサラがエマをじっと見つめる。

――皆が噂《うわさ》してた。どんな魔物でもいつも無傷で祓《はら》うって。ほんとう?

「……嘘《うそ》ではないけれど」

無傷といっていいかはわからないが、どんな魔物でも祓ってきたのは事実だ。

そう、とつぶやき、サラは一瞬迷うように目を伏せたあと、顔を上げた。

――おねがい、聖女さま。あなたの力で、あの子を祓ってほしいの。

「あの子？」

眉をひそめたエマに、サラは言った。

――あたしが仲良くしていた犬よ。家族同然で……臆病だけどやさしい子なの。

「もしかして、魔獣のことを言っているのか？」

魔獣を呼び出したのは「魔女」――つまりサラかもしれないとモリスは言っていた。薬草を扱うサラは一部のひとからは魔女と呼ばれて畏れられていたという。実際の魔女――魔物と契約し、災厄をもたらす人間は、サラとはまるで在りようが異なる。けれど、サラが何らかの方法でほんとうに魔獣を呼び出していたのなら別だ。ただ、それならなぜ、今になって魔獣を祓ってほしいとエマに願うのか。

「魔獣を呼び出したのはあなたなのか？」

――ううん。あの子は昔からあの場所にいたわ。

「それなら、どうして急に」

――シャロン。

「シャロン？」

思いもよらない名前が飛び出し、エマは眉根を寄せる。ヤドカリ亭の少女だ。

――あの子の居場所はきっとシャロンが知っている。

なぜ、と問いかけようとして、サラのすがたが消えそうになっていることにきづく。生前思い残したことを吐き出すと、亡霊はこちらの世界にとどまる力をなくしてしまう。少女のすがたが不安定に揺れ、輪郭がうっすら輝きだした。

――ああ、もう冬至祭の季節なのね。早いなあ。

銀のあかりが灯《とも》る街に目を向け、サラがつぶやいた。

――冬至祭当日は夜通しミサが行われるのよ。聖女さまは見たことはある？

「まだない」

――今年はあたし、参加できなそう。ねえ、よければ代わりにお祈りをしてくださらない？　聖堂でもしていたでしょう？　声がきれいで、うっとり眺めちゃった。

「……わるい。わたしの祈禱《きとう》はすごく金がかかるんだ」

とっさに嘘を言った。べつに金なんかかからない。というか、エマは祈禱全般が苦手なので、これまでどんなに大金を積まれても、すげなく断ってきた。夢であるおおきな家を買うための資金になるのだから、どんどん金を取ってすればいいのにできない。金のためだとして、どうして祈れるだろう、神さまになんか。ほかのたくさんのことは割り切れても、それだけは割り切れない。

――そっかあ……。

苦笑気味にサラはうなずいた。

――お金は持ってないから、しかたないな……。

「……一度だけなら」

――え？

「短いものならしてもいい」

しぶしぶ応じると、サラの表情がぱっと明るくなる。

やっぱりやめたくなったけれど、言えなかった。またクロエにおひとよしだと揶揄《やゆ》されるにちがいない。すごくいやだ。祈禱はしないと言っているのに、ごくまれに、こんな風に流されて引き受けてしまう。たいていは子どもとか、死のふちの病人とか、その家族とかだ。簡単にほだされる自分がすごくいやだとエマは思う。

誰でも一律つめたく断りたいのに、エマの心はひよわで体力がないながらも確かにまだ存在していて、ときどき思い出したように呼吸をする。つらかったよな、と思う。楽しみにしていた冬至祭のまえに殺されて。あんまりだ。どうせなら、いやなやつから死ねばいいのに。もしくはエマみたいに寿命が尽きかけているひよわとか。考えていると、つらくなる。つらくなるから、あまり考えたくない。なのにときどき考えて、つらくなって、流される。

目を伏せ、エマは鎮魂の聖句を唱えはじめた。

鐘のようによく通るエマの声は、月明かりの倉庫の壁に静かに反響する。はやく終えてしまいたい。なら適当に聖句をはしょればいいのに、それもできずにはじめから終わりまでぜんぶ唱えてしまう。

「満足したか?」

閉じていた目をひらくと、サラはいつのまにか消えていた。あっけない。クロエの言うとおり、放っておけば、そのうち自然と消え去る亡霊だったのかもしれない。

白い息を吐きながら空を仰いでいると、「……終わった?」とクロエが物陰から顔を出した。サラとエマが話しているあいだ、亡霊嫌いの魔物は倉庫の裏に隠れていたらしい。

「——言うなよ?」

エマは機先を制するように手を突きだした。

「ん? 何が?」

「今のはサラがせっつくからやったことで、べつにわたしが子どもにほだされたわけじゃない」

「べつに訊いてないけど」

クロエはにやにやとわらった。

「姫さまはやさしいねー？」

「うるさい」

「やさしくて、慈悲深い心をお持ちだねー？　しかも子どもにはたいそう弱くていらっしゃる」

「黙れ。どうせ祈りなんかなんの力もないんだ。意味がない」

言い張ると、「そうかな？」とクロエは首を傾《かし》げた。

「確かに聖句なんてなんの力もないけど、あの子、姫さまが一度だけならって言ったときにはもうほとんど消えかけていたよ。満足したんでしょ」

「……そうなのか？」

「ひとってほんと、ちょろいよね」

あけすけな感想を言い、クロエは壁に刺さったままの銀針を引き抜いた。

「おまえもわりとちょろいけど」

銀針をエマに返して、クロエはふふふっとわらう。意味深なわらいかただ。

低級ならば魔に対し護身具にもなる銀針を、この魔物は手袋越しとはいえ、平然とつかんで返してくる。こんな玩具では、もしものときこいつをどうにもできない。わからせなくても理解しているのに、ときどき戯れに見せつけてくるのは、魔物というものの性分なのか。嫌みすぎる。

「戻るぞ」

となりにあった足をブーツの踵《かかと》で思いきり踏みつけてやると、エマは銀針を髪飾りに挿し直してきびすを返した。

三

「姫さま、でかけるの？　クロエは？」

昼過ぎ、エマがひとり出かけようとすると、ちょうどキッチンで何かを瓶に漬けていたシャロンが声をかけた。クロエの「姫さま」という呼び方がシャロンは気に入ったようだ。

「エマでいい」と言っているのに、かたくなに姫さま呼びのほうを使う。

「あいつなら部屋でごろごろしてるよ。昼ごはんをねだったら出してやって」

「じゃあ、あとで持っていってみる。姫さまは？」

「わたしは外で適当に済ますから」

「それじゃ心配だよ……。こっちに来て」

手招きをされ、エマはシャロンが立つキッチン台にちかづく。

おかみさんは出かけているらしく、キッチンには今シャロンしかいない。

「へえ、ナッツを漬けていたのか？」

「うん。そのまま食べてもおいしいし、蜂蜜漬けにしてもおいしいんだよ。姫さまもどうぞ」

シャロンは瓶にスプーンを入れて、ナッツをすくう。よく見ると、蜂蜜だけでなくセージやミントといったハーブも一緒に漬けてある。一粒口に入れると、ナッツの香ばしさと蜂蜜の濃厚な甘さが絡み合い、ミントが微《かす》かな爽やかさを添えた。口に手をあててひそかに感動を嚙《か》みしめる。

「おいしい？」

「……うん。すごく」

クロエ相手でなければ、エマも多少は素直になれる。

よかった、と微笑《ほほえ》み、シャロンは別のナッツを詰めた袋をおやつ用にエマにくれた。ありがとう、とお礼を言って、キッチンに立つ小柄な背中に目を向ける。

「シャロン。ひとつ訊《き》きたいことがあって」

「なあに？」

「サラが仲良くしていた犬のことなんだけど」

「えっ」

シャロンは持っていたスプーンを落としかけた。

目を眇《すが》めて、エマはゆっくり腕を組む。

「犬の居場所を捜してるんだ。……ひとに頼まれて」

「そ、そうなんだ」

落ち着かないようすで視線をさまよわせ、シャロンは瓶の蓋をしめる。

「たいへんなのね。わたしは知らないけど……」

シャロンがサラを慕っていたことを知っているぶん、せっかく立ち直ろうとしているこの子の傷に触れるのは気が引ける。だが、背に腹は代えられない。魔獣はまだ被害者を出そうとしているのだ。

「はやく見つけないといけないんだ。心当たりはほんとうにないか？」

「……もし犬を見つけたら、姫さまはどうするの？」

「保護するよ」

無論、ただの「犬」だったらの話だが。

エマの真意にきづいたらしく、シャロンはみるみる表情を険しくした。

「姫さまは嘘吐《うそつ》きだよね？　聖女さまなのに」

「否定はしない。——だけど、シャロン、魔物はひとの手には余るぞ」

声を低くして警告すると、「あの子は魔物なんかじゃ」とシャロンが口走る。

「わ、わたし、おかあさんから外の掃除を頼まれていたから」

逃げるようにキッチンから出て行くシャロンの肩にエマは軽く触れた。びくりとおびえた風に振り返った少女に、「引き留めてわるかったな」と苦笑を返す。顔を曇らせ、シャロンは首を横に振った。

少女の肩で二枚の銀の羽が震えるのを確かめると、エマはシャロンを見送った。

指定された広場のカフェに着くと、ひとりの淑女が優雅にカップを傾けていた。モスグリーンのタフタ地のドレスに精緻なレース織のショールをかけ、輝く金髪はシニヨンを結っている。絵になる美女である。店先にたたずむエマにきづいたらしく、淑女はカップを上品な仕草で置き、

「よう」

と野太い声を発した。

まぎれもない男の声である。よく見ると、一般的な女性よりいささか肩幅が広く、背が高い。首元まであるドレスが咽喉を隠していた。しかし声以外はほぼ完ぺきに女性に擬態しているといえる。

――カササギ。

死を告げる鳥からとった通称で呼ばれる、情報屋である。性別は男。ただ、会うたびにすがたも年齢も髪の色も変えるので、あちらから声をかけてもらわないときづけない。

「カササギだな？」

前に会ったときは、東国風の装いに黒髪で、見た目は男だった。

いちおう尋ねると、「呼ばれたから飛んできたよ」と淑女は手袋をめくった。手の甲にカササギの刺青《いれずみ》がある。やはり彼らしい。

「何か頼む？　ここのホットショコラは五十八点くらいはつけてもいい」

「相変わらず手厳しいな」

オランディア王国だけでなく、大陸中を飛び回るカササギは、たいへんな美食家で、飲み食いするものの点数をつけずにはいられない。五十八点はだいぶよいほうだ。以前使った場末のパブで食べたシェパードパイには、マイナス百五十点をつけていた。ぱさぱさの雑巾でもかじっている味わいだったらしい。

カササギおすすめのホットショコラを頼むと、さほど待たせず店員がカップを運んできた。店員が奥に引っ込むのを待って、口をひらく。

「それで？　頼んでいた件がわかったか？」

「でなかったら、こんなところまで来ないってば。今日は君のヒモ、いないんだね」

「置いてきた。役に立たないから」

ヒモとはもちろん、クロエのことである。

三回くらい訂正したが、直さないのでもうあきらめた。

「いつものことだけど、容赦ないなあ。……で、リルカの被害者たちの件だったね」

扇でさりげなく口元を隠し、カササギが声を落とす。

周囲にはほかに客がおらず、カササギの背中に隠れて、通りからエマのすがたは見えない。フードをかぶって白銀の髪を隠してしまえば、すぐにエマが《オランディアの聖女》だときづくひとはいないけれど、密会中に騒がれるのは面倒なのでありがたい。

「いちばんめの被害者はサラ＝オーガストン。街の外れ、墓地のそばに住んでいた薬師《くすし》の女の子だね。次が三日後に路地裏で発見されたエラルド＝スミス。死の前日に街の医院で右腕の手当てを受けている。それにアイザ＝マンデリン。三週間後で、パブの従業員。そして最後がヴァン＝カーティス。夜に見回りをしていた警官」

ここまではモリス警部に見せてもらった報告書にも載っていた情報だ。とはいえ、警察でもない情報屋がどこからこれだけ正確な情報を入手したのか驚く気持ちはある。

「この中で気になるのは、エラルド＝スミスかな。こいつだけが街の人間じゃない」

「旅人らしいな。市警でも、スミスに関しては素性が追えてなかった」

「旅人というか、たちのわるいゴロツキ、泥棒だよ。捕まったことはないから、市警は知らないだろうけどね。墓の埋葬品を掘り返して盗むのを繰り返していたらしい」

「埋葬品？」

「この国じゃ、宝飾品や金銭を墓に一緒に入れるだろう？　高値で売り飛ばせるうえ、きづかれづらいから専門の盗掘屋がいるんだよ。それがエラルド＝スミス」

そしてこの情報屋にかかれば、ひとの素性をたどることはたやすい。

カササギに出会ったのは三年前、魔祓《まばら》いのために赴いた地での事件がきっかけだった。腕はよいが、気難しさで知られる情報屋で、大金を積んでも気に入らない仕事は受けない。ただ、エマの依頼はなぜかだいたい引き受けてくれる。条件は「情報の引き渡し時に一緒にお茶を飲むこと」だ。仕事で忙しいだろうに、情報屋が考えることはよくわからない。

「つまりエラルドは今回も盗掘がらみでこの街へ来た？」

「だろうな。ほかの被害者はともかく、こいつに関しては天の裁きだね」

「サラ＝オーガストンは、エラルドの犯罪に巻き込まれて死んだ可能性があるのか」

「かもしれない。でもサラって魔獣に襲われて死んだんじゃなかったっけ？」

そうだな、とエマは軽く流した。実際のサラは魔獣に襲われて死んだわけではない。亡霊になった当人は忘れているようだったが、ただの獣か、あるいは何者かに殺された可能性が高い。そして、エラルドは盗掘屋。サラが発見された場所も墓所だ。

「そういえば、さっきエラルドは死の前日に右腕の手当てを受けてたって言ってたな」

「うん、そう。手当てをした町医者いわく、獣に嚙《か》まれたような傷だったと」

「数日前にも一度、魔獣に襲われていたかもしれないってことか？」

考え込むようにエマは腕を組んだ。もしエラルドが、サラが死んだのと同時期に魔獣に襲われ、数日後、再度襲撃を受けたのだとしたら、話はだいぶ変わってくる。

「エマ」

俯《うつむ》きがちに考え込むエマをカササギが呼んだ。やさしい声だ。

「君の捜しものはまだ見つからなそうだよ」

「……ああ」

「わるいね。こんな知らせばかりで」

「リルカの件はすぐに調べてくれただろう？　べつにいい。すぐに見つかるものじゃないと思うし」

カササギはエマに専用の鳩《はと》を預けていて、飛ばすと三回に一回くらいは応えてくれる。そのときエマが抱えている事件の情報を集めてくれるが、それはどちらかというと「ついで」だ。カササギはエマが三年前に頼んだ案件の定期報告にやってきているにすぎない。案外律義なたちなのだ。

三年前、退魔師として赴いた地での事件でエマはカササギを助けた。

仕事で赴いたので当然である。ただ、カササギはそれを「貸し」だと思ったらしく、エマに一回だけタダで仕事を請け負うと言ってきた。

はじめは断っていたが、あまりしつこいので、どうせできっこないと「人捜し」を依頼した。十一年前、白亜離宮から消えた王女、リルだ。もちろん、リルがエマの双子の妹であることは言わず、ただ消息を絶った王女を捜してほしいとだけ伝えた。

それから三年、カササギの情報収集力をもってしても、リルはまだ見つかっていない。

そして、早々に仕事を投げると思ったカササギは、今も彼女を捜してくれている。

……すこし、後悔している。できっこないと思うことをひとに頼むのではなかった。あの頃はエマも子どもで、今よりもさらに人間ができていなかったのだ。

「そう、不細工な顔をしなさんな。何か見つけたら、また来るよ」

にやりと笑い、カササギはテーブルに飾ってあった紙の花をエマの髪に挿した。なんだか気障《きざ》な仕草だが、実際はしとやかな淑女のすがたでやっているので、うるわしい友情を交わす女たちにしか見えない。

息をつき、エマはペンで金額を書きつけた小切手をカササギに渡した。今回の調査の報酬だ。はじめに頼んだ依頼以外は、タダというわけにはいかない。もちろん請求先はオランディア聖庁にしている。エマは私費で調査を依頼できるほど蓄えがあるわけじゃない。

「まいどあり。オランディア聖庁は羽振りがいいねえ」

小切手を受け取ると、カササギは席を立った。見れば、すこし離れた場所に馬車を止めてある。

「おまえのなりきりは職人の域だな……」

呆《あき》れた顔をするエマに、

「ではエマ嬢。またのご利用をお待ちしています」

と野太い声で挨拶をして、カササギは優雅にカフェを立ち去った。

「姫さま、おかえり」

部屋に戻ると、クロエは窓辺で刺繍《ししゅう》をしていた。

手先が器用な男だが、暇なときは読書をしているほうが多いのでめずらしい。ローブを脱ぎながら手元をのぞくと、レース織だった。エマは軽く頬をひきつらせる。

「いちおう訊《き》くけど、何をやってるんだ？」

「姫さまがレースのショールがうつくしいご婦人とお茶会してたから、レースのショールが欲しいのかなあって思って」

「見てたのか」

「見てないよ。おいしそうなホットショコラだったね」

「見てたんじゃないか」

「だって、僕の小鳥を撒《ま》いて会うなんて、浮気じゃない？」

かぎ針を置いて立ち上がり、クロエはエマの着替えを手伝う。

エマが幼子だった頃から、クロエはこういった紳士的なふるまいを完璧に身につけていた。千年の時を渡る中で誰かが教え込んだのか、あるいは自分で覚えたのかはわからない。

「カササギはただの情報屋だよ」

「でも姫さま、情報屋なんて腐るほどいるのに、あいつばかりを使うじゃない」

「それは彼が優秀だから」

「じゃあ、僕も優秀？」

「おまえは荷物持ち以下だ」

ひどーい、と唇を尖《とが》らせ、クロエはローブをハンガーにかけた。

陶製の洗面器に水を注ぐと、ぱちんと指を鳴らしてお湯に変える。またしょうもないところで魔術を使っている。

水温を整え、クロエは長椅子に腰掛けたエマの足元にかがんだ。差し出した足からブーツと靴下を脱がせて洗われる。凍えた指先に湯のほどよい温かさがしみる。エマの左足首には古い傷痕があって、それに無遠慮に触れられるのはこの魔物だけだ。

「こんなに貴女《あなた》に尽くしているのに、僕は荷物持ち以下なのか……」

「代わりにだいたいおまえのすきにさせているだろう」

「ほんとうにすきなものはお預けくらってるけどね？」

棘《とげ》を真綿でくるんだような声が足元でさざめく。

魔物であるこいつのすきなものとは、無論魂である。

「あたりまえだ」

エマが鼻で笑うと、「姫さまは性悪だなあ」とクロエはぼやいた。クロエの骨ばった大きな手がエマの足を湯の中でほぐす。長椅子の肘掛けに頬杖《ほおづえ》をつき、男のつむじのあたりを眺める。エマが出会った六歳の頃から、クロエの外見は一ミリも変わらない。クロエの長い足にしがみついていたエマは、身体《からだ》だけはずいぶん大きくなってしまったけれど。

(あと十年か二十年経《た》つと、わたしが年下の男を囲っているように見えるわけか)

周囲にますますいかがわしい目で見られそうで、エマは深く息をついた。

いやな想像に頭を使うのはやめて、今回の事件を整理する。

まずサラ＝オーガストンを殺したのは、エラルド＝スミスと仮定する。

カササギが言うには、エラルドは墓の埋葬品を掘り起こして金品を得ていたらしい。その現場を偶然、墓地の近くに住むサラが目撃するかして口封じのために殺された。

となると、魔獣の最初の犠牲者はエラルド＝スミスということになる。

エラルドが町医者の手当てを受けた傷が魔獣によるものだとすれば、サラを殺したあとに、運悪く魔獣に襲われたのだ。

……運悪く？

ひっかかりを覚えて、エマは目を上げる。

──ちがう。サラは魔獣を「家族同然」の存在だったと言っていた。

「クロエ」

腰を浮かせようとすると、外からノック音が響いた。

ブーツを履き直し、「どうぞ」と声をかける。ドアから顔を見せたのは、ヤドカリ亭のおかみさんだった。

「お休みのところ、すみません」

「何かありましたか？」

蒼褪《あおざ》めた顔色を見て、エマは眉をひそめる。いやな予感がした。

「シャロンが……」とつぶやき、おかみさんは一度呼吸を整えた。

「シャロンがまだ帰ってこないんです。最近物騒だし、あまり出歩かないでって何度も言って聞かせていたのに。あちこち捜したんですけど、見つからなくて――」

「市警には連絡を入れましたか？」

「いえ、まだ……。あの、どうしましょう聖女さま。もしかしてあの子まで魔獣に襲われたんじゃ」

「落ち着いて。魔獣はおそらく夜にならなければ出ません。まだ猶予がある。――あなたはモリス警部に連絡を。それから、クロエ」

洗面器を片付けていた相棒をエマは呼びつけた。

「おまえなら《使い魔》の気配をたどれるだろう？」

「ああ、あれ撒いたんじゃなくて、姫さまがシャロンにつけかえていたの？」

クロエがエマにつけている銀の小鳥の使い魔は、昼にキッチンで会ったときにこっそりシャロンにつけかえておいた。サラはシャロンが「犬」の居場所を知っていると言っていたから、万一何か起きたときのために手を打っておいたのだ。まさかこんなに早く事態が動くとは思わなかったけれど。

「あの、おふたりは？」

「《黒の獣》を祓《はら》います」

編み上げブーツの紐《ひも》を結ぶと、エマはローブのフードを頭にかけた。

陽が沈みかけている。残照が射《さ》した坂道は赤く燃え立つかのようだ。坂の途中にある店の前に立つと、海に向かって吹き下ろす夕風がエマのフードからこぼれる髪を巻き上げた。

「わかるか、方向」

「もちろん」とクロエはエマを抱え上げた。

「おい抱えるな！　自分で歩ける！」

「ええー。でも貴女、魔獣のところにたどりつく頃には絶息していると思うよ？」

「そこまでじゃない」

「そう言わずに素直に抱えられていましょうよ、僕のかわいいお姫さま」

いちばんの宝物にするようにクロエはエマの額にくちづけた。蠱惑《こわく》的な笑みは、世の令嬢相手なら軒並み射落としていただろう。けれど、エマには無意味だ。舌打ちしたいのをこらえて、エマはクロエの首に腕を回した。確かに意地を張っている場合ではない。

「時間が惜しい。……もう運んで」

「はいはい素直。仰せのままに」

今日はちょうど冬至祭の当日らしい。オーナメントやランタンで飾られ、喧騒《けんそう》の中にある街を、クロエは獣のように駆ける。

「サラの遺体からは、ひとりだけ魔物の反応が出なかった。つまり、サラだけは魔獣に襲われたのではないということ。殺したのはおそらくエラルド＝スミス」

クロエの首に回した腕に力をこめて振り落とされないようにしながら、エマは言った。

「エラルドは墓の埋葬品を掘り起こして金品を得ていた。その現場を偶然、サラが目撃するかして殺されたんだ。彼女が仲良くしていた『犬』……リルカの魔獣の目のまえで。つまり――」

そのとき、頭上からけたたましい鐘の音が鳴った。

街のてっぺんにある鐘楼が夜を告げている。鐘楼に隣接して広がる墓地から鴉《からす》の群れが飛び立つのが見えた。

「あそこなのか？」と尋ねたエマに、「気配はそこで止まってるね」とクロエがこたえる。

クロエの腕から下りると、エマは暗闇にじっとりと沈む墓地を見渡す。鉄門からすこし離れた樹《き》の下にちいさな人影が座り込んでいる。シャロンだ。その前方で光る二つの目にきづいて、「シャロン！」とエマは声を張った。

「……姫さま？」

呆《ほう》けた表情でシャロンがエマを振り返る。

その横から黒い靄《もや》をまとった獣が躍り出た。「きゃっ」とよろめいたシャロンが転倒する。腕から落ちた干し肉には目もくれず、獣はシャロンに飛びかかった。

髪飾りから銀針を引き抜き、エマはそれを獣の前脚に投擲《とうてき》する。縫い留めた針の根元から銀の炎が燃え上がり、音階がおかしくなったチェンバロに似た叫び声が上がった。

「シャロン！」

尻もちをついた少女の腕をつかんで引き寄せる。

「姫さま！　アユラが変……おかしいの！」

「アユラ？」

「わたしの友だち！　犬のすがたの……」

おびえた風に身を縮めるシャロンを背に押しやり、エマは顔を上げた。

銀針に前脚を縫い留められた獣は、黒い靄をほとばしらせながら苦悶《くもん》の声を上げている。

おそらくあれがもともと墓地の守り主だったリルカの魔獣、シャロンが「アユラ」と呼んでいたものだ。エラルドをはじめとした街のひとびとを襲っていたのはこの魔獣だ。もとは墓地を守る無害な魔物だったのかもしれないが、今はちがう。その証拠に、先ほどアユラは迷うことなくシャロンに襲いかかった。

「下がって、シャロン」

黒い血を吐く魔獣を見据え、エマは銀針を握りしめる。

「ま、待って、姫さま。やめて……」

蒼白《そうはく》になって、シャロンはエマに飛びついた。

「やめてよ！　アユラを殺さないで！」

「わたしは先に警告したぞ」

シャロンを引き剝がし、エマは低い声で言った。

「魔物はひとの手には余ると」

「魔物じゃないわ！　わたしの友だちだものっ！」

目のふちに涙をためて、シャロンは魔獣を守るようにエマのまえに立ちはだかる。

その背中に銀針から脱けた魔獣が襲いかかった。頰をゆがめ、エマはシャロンの身体を引き倒す。ひるがえったローブの裾に魔獣の爪が引っかかって、鋭い音を立てて引き裂かれた。攻撃はかわしたが、エマの背中ががら空きになる。夜気を震わせる咆哮《ほうこう》が上がり、魔獣がエマに向かって跳躍する。シャロンの頭を伏せさせたまま、エマは身をすくめた。

「あーあ」

場違いにのんきな声が上がり、地面に刺さったままの銀針が引き抜かれる。

「貴女はほんとうに甘くて弱くてかわいいな」

くるんと手のなかで回したそれをクロエが指で弾く。

クロエの魔力をのせて銀の炎を帯びた銀針が、魔獣の後ろ脚を射貫《いぬ》いた。この世ならざる悲鳴が上がり、魔獣が地面のうえでのたうちまわる。黒い血を吐き出す魔獣へ無関心そうな一瞥《いちべつ》をやり、クロエはエマを振り返った。

「さあ、姫さま。貴女の僕はどうすればよい？」

つめたさと軽やかさが同居する、うつくしい微笑。

途方に暮れているのではなく、ただ犬が飼い主の命令を待っている。

今のだって、クロエの力をもってすれば、一撃で滅ぼせた。けれど、やらない。この魔物の主《あるじ》はエマであり、クロエはエマに「おうかがい」を立てることを忘れない。命じるのはエマ。いつだってそう。かつて魔物の大群に襲われたときですら、クロエは銀の矢を放つまえに十三歳のエマに尋ねた。

──姫さま、僕はどうすればよい？

「待って、姫さま！」

身を起こしたシャロンがエマの腰にぎゅっと腕を回す。

「おねがい！　アユラまで連れていかないで！」

大粒の涙を散らしてしゃくり上げるシャロンに、エマは目を細めた。軽く頭に手を置くと、少女の細い腕を身体《からだ》から外す。

ばちばちと銀の火花があちこちで爆《は》ぜて、エマのドレスの裾を舞い上げている。

こぶしを握り、命令をくだした。

「──滅ぼせ、クロエ」

口の端に笑みを引っ掛け、クロエはすいと手を引いた。

銀の炎が燃え上がり、叫び声とともに獣をのみこんで焼き尽くす。炎の中で黒い影が揺らめき、ぱっと飛び散った。地面にさらさらと灰が落ちる。クロエの攻撃は、浄化を基本にした通常の魔祓《まばら》いとは異なる。より高位の魔物によって力を叩《たた》きつけられ、彼らは焼き滅ぼされるのだ。

「アユラ！」

炎が消えると、ひとかけの灰だけが残った。つめたくなった灰をつかんで泣きだした少女を見やり、エマはクロエに目配せを送る。

はいはい、とうなずき、クロエはシャロンの額を指で弾いた。銀の花がクロエの指先からふわりとひらいて、シャロンの額に吸い込まれる。眠りの魔術を使ったのだろう。意識を失い、くずおれたシャロンの身体にエマは腕を伸ばした。抱きとめようとしたのだが、支えきれず、よろけて転んだ。

四

エマが魔物を退け、シャロンを助けたことは、早々にリルカの街に広まった。

——さすが《オランディアの聖女》。

——聖女さまはやっぱりとくべつ神さまにあいされているのよ。

ちいさな街を埋め尽くす賞賛の声を部屋のうちで聞きながら、エマは熱っぽい息をつく。

犠牲者を出さず、見事魔物を祓ったエマへひとびとの信仰は増すばかりだ。ひと目でもエマを見たいとヤドカリ亭には街のひとびとが押し寄せたが、肝心のエマは寝台から起き上がれないでいる。

「薬湯《やくとう》を持ってこようか」

いつものことなので、クロエはあっけらかんとしている。

「熱い。寒い」

「どちらですか」

「わからない……」

クロエという強力な魔物と契約したエマの身体は、ひととしてはありえないほど虚弱だ。常に莫大《ばくだい》な魔力を消費している状態にあるため疲れやすく、すこしの無理ですぐに限界を超えて昏倒《こんとう》する。幼い頃、エマを診た医者は言った。生きているほうが不自然な状態であると。

加えて、クロエが魔を滅ぼせば、一時的に大量の魔力が使われる。エマがことあるごとにクロエに「余計なことはするな」と言っているのはこのためである。たぶんクロエが本気で三発、続けて魔術を使ったら、エマは絶命する。幸か不幸か、クロエはだいたい撃ちもらさずに一発で決めるので、エマは一週間ほど寝込む程度で済んでいる。この魔物に獲物をいたぶるような嗜虐《しぎゃく》趣味がなくてよかった。

クロエがかけてくれたブランケットを引き寄せて丸まっていると、控えめなノック音が聞こえた。無視しようかと思ったが、「姫さま」と呼ぶ声がシャロンのものだったので、クロエにドアを開けさせる。

「姫さま、すこしお話ししていい？」

「ああ」

エマがのろのろと半身を起こすと、シャロンは寝台の横に腰掛けた。

左右に作った三つ編みに今日もリボンを結んでいる。シャロンは考え込むように足を振ってから、「アユラのお墓をつくったの。サラのとなりに……」とつぶやいた。それからぽつりぽつりと語りだす。

アユラには何年もまえ、サラの育ての親を埋葬したときに出会ったのだという。昼のひかりのなかで見るアユラは子犬に似たすがたをしており、墓前で泣きじゃくるサラに尻尾を振って寄り添った。言葉は交わせないが、やさしい気性の魔物とサラとシャロンはすぐに仲良くなった。

サラが死んだと聞いたあと、つらくてかなしくて、泣きながらアユラのもとに行くと、慣れ親しんだ子犬の代わりに、墓地を徘徊《はいかい》する黒い影を見つけた。時間はちょうど日没時だった。アユラのために持ってきた好物の干し肉を差し出すと、黒い影は鋭い声で咆哮し、開きっぱなしの扉から風のように外に出て行った。

なるほど、とシャロンの話を聞きながら、エマの疑問も氷解する。

魔物にはテリトリーに縛られる者もおり、《黒の獣》は墓地の守り主という伝説から考えてもそのタイプに思えた。墓地の外に出られたのは、エラルドを傷つけてひとの血を浴びたことと、シャロンが扉をひらいたためだろう。結果だけを見れば、シャロンがアユラを外に出したことで魔獣の被害を広めてしまった。

「聖女さま。アユラはわるい魔物だったの？」

今にも泣きだしそうな顔で見つめられ、エマは一瞬言葉に詰まった。

「……ああ、わるいものだ。当然だろう。オランディア聖庁でもそう言っている。魔物はわるいものだ」

退魔師らしく断じると、水膜が張っていたシャロンの眸《ひとみ》から涙があふれだした。うう－、と肩を震わせてシャロンが泣きはじめる。

胸が痛くなってきて、エマは目をそらした。

墓地の外に出たアユラは、再びエラルドを襲った。サラを殺したエラルドを捜して襲ったのだ。そのあとのアユラは無差別に街の人間を襲っていたようだけど、はじめだけはたぶんちがった。

だが、そうだったとして、いったいなんの救いがあるというのだろう？　アユラに殺された犠牲者たちは生き返らない。エマが間に合わなければ、シャロンだって噛《か》み殺されていた。アユラがよい魔物だったとは慰めでも言えない。

「……でも、アユラがすきだった気持ちは『わるいもの』にしなくていい」

ぐすぐすと洟《はな》を啜《すす》っているシャロンにガウンを押しつけ、エマは言った。

「すきでいていい。文句を言うやつがいたら、わたしが殴ってやる。だからもう泣きやめ」

少女の蒼白《あおじろ》い頬を濡《ぬ》らし続ける涙を止めたくて口にしたのだが、逆に堰《せき》を切ったようにシャロンがわっと泣きだした。息をつき、エマはちいさな背中に手をあてる。どうしたらいいかわからなくて、おずおずと上下にさすった。ガウンはシャロンにかけるつもりで渡したのに、シャロンの涙と鼻水のハンカチ代わりになってしまった。洗うのはエマではなくクロエなので、かまわないけれど。

自分の言葉に大きな矛盾があることにエマ自身はきづいている。

《オランディアの聖女》は平然と嘘《うそ》をつく。

エマは神を信じていない。神に愛されてもいない。とくべつな加護もない。

契約した魔物に命じて、魔祓《まばら》いをしているだけだ。至極単純な力対力による解決。

魔を祓うはずの《聖女》が、魔物の力を利用している。

このことがばれたら、エマは地獄に落ちるだろう。でも実際は地獄に落ちる権利すら、エマの魔物に売り払ってしまっている。後悔はしないけれど、シャロンにはこの場所に来ないでほしいと祈る。祈りにはなんの力もない。だとしても。

「姫さま。今度一緒にサラとアユラのお墓に行ってくれる？」

「……うん。花冠を供えるよ」

「えっ姫さま、つくれるの？」

妙に鋭い切り返しをされて、エマは顔をしかめる。なぜわかった。

「あ、あまり得意じゃないけど」

「ふうん……」

「嘘だ。つくれない。できれば花を探すところから手伝ってくれ」

寝台に置かれたちいさな手にそっと自分の手を重ねる。冷たくなった手を擦《す》っていると、「うん、一緒につくろう」とシャロンは眉をひらいて、手を握り返してきた。

◆
◇

「アメリア＝リト＝オランディア」

きづくとエマは幼い王女に戻っていて、闇のふちに灯《とも》ったカンテラをまぶしげに見上げていた。そこはオランディア聖庁に属する退魔機関《聖女の杖《つえ》》のはるか地下にある牢《ろう》だった。囚《とら》われているのは罪人ではない。《聖女の杖》の退魔師たちをもってしても祓えなかった魔物たちが、強力なまじない符でいったん封じられている。

光が射《さ》さないこの場所は一日中、封じられた魔物たちの叫び声が響き、薄荷に糖蜜を混ぜたような独特の香りが充満していた。

――のちに「白亜離宮の惨劇」と呼ばれる魔物の襲撃事件。

この事件では、離宮で静養していた王妃マリアをはじめ、使用人たち二十八名と、偶然立ち寄った退魔師一名、総勢三十名の死者を出した。生存者はオランディア王国第五王女であるアメリア＝リト＝オランディア、つまりエマひとりきりだった。

救いだされたエマには、離宮を襲撃したものとはまったく別の魔物が憑《つ》いていた。

それがクロエだ。

ひとの世を千年に渡ってさまよってきた奇矯《ききょう》で高位の魔物。《聖女の杖》の歴戦の退魔師たちをもってしても、クロエを祓うことはおろか、封じることもできなかった。聖庁を統べる聖爵ナターリエは、この魔物と正面からやりあうことをあきらめると、宿主であるエマのほうを眠らせ、封じ符で魔力の供給を絶った。

エマのちいさな身体《からだ》には、湖にたとえられる莫大な魔力が眠っている。その供給が絶たれると、クロエの身体も淡く透けるようになった。だが、それも一時のことに過ぎないとナターリエは言う。実際、エマが目を覚ましたとき、封じ符はもう破れかけていた。

「どうだい、目覚めは？」

格子越しに現れた女性は、エマを見つめて問うた。

ナターリエ＝シルヴァ＝オランディア。現国王の伯母であり、オランディア聖庁を統べる聖爵だ。歳《とし》は五十を過ぎているはずだが、すっと伸びた背筋のせいか、十も二十も若く見える。ここに連れてこられたときに一度だけ顔を合わせたから、今日は二度目だ。

「リルは見つかった？」

格子をつかみ、エマは尋ねた。眠らされるまえにも同じことを訊《き》いていた気がする。

魔物の襲撃のあと、離宮を隅から隅まで捜しても、リルだけが見つからなかった。折り重なった無数の遺体の中にもだ。

「リルとはあなたの双子の妹のことだね？」

ナターリエは腰をかがめて、床にカンテラを置いた。

はじめて会った日に彼女は自分がエマの父親の伯母にあたること――同じオランディア王族の血を引くことを教えてくれた。とはいえ、離宮で王妃と暮らすエマと、オランディア聖庁を統べる聖爵であるナターリエにはこれまでほとんど接点がないといってよかった。

肉親に対する親しみは感じられない。

「彼女は死産だったと陛下からは聞いているが？」

「ちがう。あの子は離宮で隠されて育ったの。わたしはあの子とずっと一緒にいた」

「マリア王妃がひそかに助けていたということか……？」

つぶやき、ナターリエは考え込むように顎をさすった。

それから、蒼白《そうはく》になって震えているエマにきづいて、格子のあいだから腕を差し入れる。

「ナタ」と近くに控えていた少年がいさめる声をかけた。

「御身に穢《けが》れが移ります」

「つまらんことを言うな。彼女はただの女の子だよ。しかもとても傷ついている」

肩をすくめ、ナターリエはエマの手を両手でさすった。

誰かに手を握られている、そんなささやかなことがエマの強張《こわば》った心を温める。

「いいかい、アメリア。あなたのちいさな身体には、湖のように莫大な魔力が眠っている。ふつうの人間ならコップ一杯程度しかない魔力が、あなたにはあふれるばかりに流れているんだ。そういう人間は希少で、ひとならざるものたちにはたいそう好まれる。双子の妹というなら、リルもきっと同じだろう」

顔を上げたエマにナターリエは続けた。

「もしあの場からリルを連れ去る者がいるとすれば、十中八九、魔物だ。あなたたちを襲った魔物の下半分は逃げた。そうだったね？」

マリアや使用人たちを殺し、クロエに上半分を焼き滅ぼされた魔物。

あのとき魔物につかまれたエマの左足首は、今も赤黒く腫れたままだ。無意識のうちに足首の傷に片手を添わせ、エマは俯《うつむ》いた。

「リルは魔物と一緒にいるの……？」

「わからない。だが、彼女はわたしたち《聖女の杖》が捜すよ」

「いやだ。わたしも捜しに行く」

エマが首を振ると、ナターリエは困った風に息をついた。

「あなたは自分が置かれた状況がまだよくわかっていないようだな」

「おねがい、ナターリエ。リルともう一度会いたい。あの子はわたしのたったひとりの妹なのよ！」

「リルを連れ去ったのは魔物かもしれないと言っただろう。危険だ」

「かまわないわ」

「ほんとうに？――そのためならすべてを捨てるくらいの気持ちがあなたにはある？」

エマを見つめるナターリエの表情がふいに変わった。

幼い少女を案じる血縁者から、冷徹な聖爵へと。

「アメリア。魔物憑きになったあなたは、もうただの王女には戻れない。仮にここから出られたとしても、前のような暮らしはできないと思いなさい。魔物憑きは魔女と同様、忌むべきものだからね。あなたはこれから先、誰にも打ち明けられない暗いひみつを抱え、誰かとほんとうの友になることも、家族をつくることもできない。すごくさびしい人生だ。ここでずっと眠っていたほうが、まだマシかもしれない。それでも？」

ナターリエはエマと目を合わせた。

「それでも、妹のためにすべてを捨てる覚悟はある？」

「捨てる」

なんの迷いもなかった。ナターリエの言葉はわかることとわからないことがあった。でも、ぜんぶどうだっていい。リルを取り戻したかった。そしてもうひとつ。あの魔物は殺す。それが叶《かな》うなら、ほかに欲しいものはない。

「あなたはわたしに似ているなあ……」

苦笑交じりにつぶやき、ナターリエはエマの手を膝のうえに戻した。

「わかったよ。あなたの希望が叶うよう、わたしもともに考えよう」

「ほんとう？」

「ああ。ただし、アメリア。あなたにひとつ覚えておいてほしいことがある」

「なに？」

「『あれ』はあなたにはどんなすがたに見える？」

ナターリエは牢の隅っこに横たわるクロエに目を向けた。

ここに入れられる前、クロエは退魔師たち十数人を半殺しの目にあわせている。だが、エマの身体に魔力を絶つ封じ符がほどこされると、急に力をなくした。今は四肢をすべて折られて、銀の杭《くい》を打ち込まれている。その身体は現れたときとちがって、淡く透けていた。

「きれいな男のひと」

エマはナターリエの視線から隠すようにクロエを背に庇《かば》った。薄くひらいた琥珀《こはく》の眸《ひとみ》が周囲をうかがっている。血に濡れた男の頬にエマはそっと触れた。手負いの獣を安心させるように。

「クロエはわたしをたすけてくれた。……これ以上、ひどいことをしないで」

エマが頬を撫《な》でていると、クロエはまどろんだ風にまた目を閉じてしまった。

「ほう、あなたにだけは触れさせるのか」

高位の魔物がねえ、とナターリエはなぜか満足そうに微笑《ほほえ》んだ。

「わたしにも、その魔物はうつくしい男に見えるよ」

「そう」

「あなたの目にそう映るから、わたしたちの目にも同じように見える。魔物とはそういうものだ」

「そういうものって？」

「アメリア」

菫色《すみれいろ》の眸がふいに鋭いひかりを湛《たた》えて、エマを見つめた。

『クロエ』はやさしいだろう？　人間と変わらないだろう？　もしかしたらあなたには、この先唯一ぬくもりを与えてくれる相手にも見えるかもしれない」

それでも、とナターリエは言った。

「その者があなたに与えるのは愛ではない。もしもそれすら愛だというなら――……あまりに毒に満ち、溺れるような罠《わな》がある。それを忘れずにいなさい。決して魔物を愛してはならないよ」

細く息を吐き出して、エマは目を覚ました。

額に濡《ぬ》らしたハンカチを置いていたクロエが「おや」と眉を上げる。

「目が覚めた、姫さま？　ずいぶんうなされてたけど」

　確かにいつもより脈が速い。意志に反してせわしなく上下する胸を押さえて、エマは一度目を瞑《つぶ》った。

「またいやな夢でも見た？　僕の夢？」

　横に座り直したクロエがすこしわらいながら、エマの頭を大きな手で撫でる。クロエの手は体温が低い。熱が上がっているのか、ひんやりした陶器のような手が今は心地よくもあった。

「……今何時だ？」

　頭にのせられた手を軽くのけて、半身を起こす。

「もうすぐ日が暮れるよ。王都に帰るにはもうすこし体力を取り戻さないと無理だね」

「くそ。厄介な身体だ」

　顔をしかめ、エマは汗を吸ったネグリジェをかき寄せる。

　クロエが近くにあったガウンをエマの肩にかけた。

「薬湯《やくとう》を持ってこようか？　確かよく眠れる薬草もあったはず」

「――待て、クロエ」

　腰を上げようとしたクロエのシャツをエマはつかんだ。

「そのまえに、どうしてわたしに逆らったのか、説明して」

クロエは瞬きをしてエマを見返した。

「逆らったって、なんのこと？」

「シャロンのことだ」

クロエはエマよりもずっと魔物に対して鼻が利く。

出会ったとき、シャロンはすでに《黒の獣》と接触していた。においに敏感なクロエがきづかないわけがない。つまり、きづいていながら無視したわけだ。

「使い魔をつけておかなかったら、シャロンはアユラに喰《く》われていたかもしれない。弁明は？」

エマが声を低くすると、クロエはくすっと微笑し、シャツをつかむエマの手に手を重ねてきた。

「そう言われてもね。余計なことはするなって、ここに来たとき貴女《あなた》が言ったんじゃない？　僕は姫さまの言いつけを守って、なーんにもせず、おとなしくしていただけだよ？」

「シャロンのことが『余計』なのか？」

「うん、余計。なぜ僕が貴女以外の人間を守らなくちゃならない？」

ひかりの加減か、金の眸がつめたい色を滲えて自分を見下ろしている。

愛と残酷さが共存する、ひとならざるものの目。

――うつくしい。

とっさにそう思ってしまったことに、苦い気持ちがこみ上げる。

醜い。卑しい。けがらわしい。魔物なんてみんなそうだと思っていたいのに、この魔物の存在はいつもエマの気持ちをやすやすと裏切っていく。それが苦しい。

途方に暮れて、しかたなく言った。

「おまえはシャロンをたすけたじゃないか」

「まさか。貴女をたすけたんだよ。鈍いふりをしないで？」

そうだ。エマに危険が迫って、はじめてクロエは自ら動いた。結果として、たまたまシャロンの命も救われただけだ。そこを履きちがえてはいけない。この魔物にひとらしい善性や倫理を期待すると足をすくわれる。

「わかったなら、姫さま。貴女の僕にご褒美をちょうだい？」

エマの手を離して、クロエはベッドのそばに膝をついた。

艶《つや》やかな黒髪を持つクロエは、そうするときれいな毛並みの黒ヒョウか何かに見える。

クロエは歴代の退魔師たちがその英知を結集しても祓《はら》えなかった、高位の魔物だ。クロエの力を使えば、数多《あまた》の魔物を滅ぼすことはたやすい。けれど、そうしてクロエに主導権を渡してしまえば、何が起きるかわからない。クロエはエマのことは絶対に守るが、それ以外はどうでもよいと思っているし、もとより慈悲深い性格でもない。

だから、エマははじめにクロエと約束した。

――おまえが魔術を使うのは、わたしがいいと言ったときだけだ。

クロエは、はあい、と機嫌よく返事をした。実際は日常生活でちょくちょく簡易な魔術を使って湯を沸かしたり花を咲かせたりしている。ぜんぜん約束を守っていない。でも、魔物を滅ぼすまえには必ずどうするのかと問う。エマを慮《おもんぱか》っているのか、ただの気まぐれなのかはわからないが、この魔物が遵守している一線だ。

息をつくと、エマはさらりと肩を滑った髪を耳にかけ直す。目を伏せている魔物の頭のてっぺんにくちづけた。契約者のくちづけは魔力を伴う。強力な魔物と契約しているせいで、常に体内の魔力をほぼ使い切っているエマのくちづけは、クロエいわく「砂糖ひとかけ程度」らしいが。

きゅうんと眉根を寄せてときめいているらしい魔物の額を指で弾いた。

「ほら、気が済んだらとっとと薬湯《やくとう》を持ってこい」

出ていけの代わりに命じる。

ぱちぱちと瞬きをしたあと、「雰囲気が台無し」とクロエはぶうたれた。

「おまえは乙女なのか」

「はいはい、僕の姫さまはつれなくて悪口ばかりでかわいいです」

軽くわらってクロエはエマから身を離した。

ドアが閉まり、クロエが階下に下りていったのを確かめて、エマは立ち上がった。窓の外では、《オランディアの聖女》を讃《たた》える声がまだしている。いかさまの聖女だ。後ろめたさがエマの胸を刺した。そういう自分をエマは中途半端でいやだ、と思う。いっそ、いかさまでわるいかって開き直れたらいいのに。

エマの左足首には十一年前にマリアや使用人たちを殺した魔物がつかんだときの傷がまだ火傷《やけど》の痕のように残っていて、それを目にするたび、エマは絶対にあいつをゆるせない、と思う。善いとか悪いじゃない。そんな整然とした理屈の話はしていない。ゆるさない。わたしが決めた。あいつだけは絶対にゆるさない。

王都にいるエマのひとりきりの友人は以前、腕のいい医者を見つけて紹介しようとしてくれた。左足首に残った傷痕がすこしでも薄くなるように。エマのことを心から想《おも》ってしてくれたことだ。

でも、エマは断った。薄くならなくていい、と思ったからだ。

一生薄くなる必要はない。傷は消えなくていい。エマがだいすきだった、鈴を転がすようなリルの声。あの声を忘れたくない。どうか忘れないでいさせて。わたしにもほんの短いあいだ、やさしくてあたたかな時間があったということ。

「家がほしいな……」

窓の桟に腕をのせ、エマはつぶやいた。

退魔師として稼いだ金でいつか買う、自分の家の話だ。

おおきな家。庭つきの日当たりのいい家。

そこにいつか帰りたい。あいつを殺してリルを取り戻したあと。

……でも、たぶん帰れないとも思う。これは夢だ。夢は叶《かな》わないものだ。

だけど、それでも。

「おおきな家」

空に向かって手を伸ばす。

指先は夕暮れのいちばん星をつかむまえに窓ガラスにこつんとはばまれた。

舌打ちをする。頭のなかのいつか買う家の窓から、ガラスはぜんぶ抜いておくことに今決めた。

二章　聖女の休日と死の楽譜

一

久しぶりに戻る王都は、すこし寒さが和らいでいた。

千五百年前、聖女オランディアの託宣を受けてひらかれたオランディア王国は、今では周辺国にも引けを取らない工業国だ。国土は狭いが、国の西半分に広がる工業地帯には蒸気機関を利用した紡績工場が日夜稼働し、富を生み出し続けている。

「エマ！」

クロエの手を取って馬車から降り立ったエマを、教会の門のまえで掃除をしていた修道女が呼び止める。エマはめずらしく年相応の笑みをぱっと咲かせた。

「フローレンス！」

シスター・フローレンス。

天涯孤独のエマにとって、ほぼ唯一といっていい友人だ。エマよりふたつ年上の十九歳だが、くりっとした大きな翠《みどり》の眸《ひとみ》のせいか、まだ少女のような印象を受ける。緩く波打つ栗《くり》色の髪がかかったシスター服は鴉《からす》の濡《ぬ》れ羽色で、胸元では黒曜石の数珠を連ねたロザリオが輝いていた。

「おかえりなさい！　リルカでの活躍は聞きましたよ。怪我《けが》はない？」

「ああ。フローレンスは元気だった？」

「今日ももりもり奉仕に励んでいたところです。……エマの駄犬もあいにくご無事だったようで」

愛らしい微笑《ほほえ》みで、平然と「あいにく」と言い切る。

クロエは鼻でわらった。

「あいにくご無事でしたよ、シスター・フローレンス。出会いがしらに悪態をついているようじゃ、あなたの天国への道のりはまだまだ遠そうだな」

「結構ですわ。わたくしの大事なエマにおまえのような駄犬がまとわりついていると思うたび、この身は地獄の業火に焼かれそうなのです。いっそおまえが焼かれたらいいのに。丸焦げの炭になれ」

「昨今のシスターは情熱的だなあ」

クロエとフローレンスはお互い笑顔で嫌みを言い合っている。

普段は誰に対しても丁寧に接するフローレンスなのだが、クロエにだけは口がわるい。当人もひらきなおっているようで、「わたくしが地獄に落ちたら一緒にこいつも連れて行きますから」と豪語している。クロエの素性をフローレンスは知らないはずだが、昔からなぜかそりが合わないのだ。

「今日はリルカの件の報告ですか？」

「ああ。ナタ―リエはいる？」

「残念ながら、聖爵《せいしゃく》は王侯会議に出席しておられます。代わりに言伝《ことづて》を預かっていますよ。『この埋め合わせはまた後日』。なんだかデートをすっぽかした恋人みたいですわね」

「あのひとは相変わらず忙しそうだな」

「ちなみにわたくし、今日は外の掃除当番を代わってもらったんですよ。誰よりも早くエマをお迎えしたくて！」

箒《ほうき》をクロエにぐいっと押しつけると、フローレンスは両手を広げてエマを抱きしめた。シスター服に焚《た》きしめられた乳香の香りが鼻をくすぐる。

「おかえりなさい、エマ。お仕事ご苦労さまでした」

「うん。……ただいま、フロウ」

幼い頃から使っていた愛称のほうを口にすると、「ふふっ」とフローレンスはくすぐったそうに身を震わせた。それから、箒を持たされたクロエに向き直り、指をつきつける。

「見たか駄犬！　わたくしとエマのうつくしい抱擁を目に焼きつけて悔しがるがよい！」

「わー、すごーいすごーいすてきー」

「棒読みをするな！」

「……クロエ。フロウをからかうのはやめろ」

収拾がつかなくなる。呆《あき》れまじりに釘《くぎ》を刺すと、「はあい、エマ」と一転、従順な態度でクロエは身を引いた。

「わたしは聖庁に報告書を提出してくるから。おまえはフロウの手伝いでもしていろ」

「え、いやです」

「え、いやだな」

ふたりは同時に即答した。

あまりにも呼吸がそろっているので、エマは思わずふっと笑みをこぼす。

さっそく言い合いをはじめているふたりを置いて、オランディア聖庁の門をくぐる。退魔師の正装である灰色のローブを着たエマを、警備兵たちは目礼だけで中に通した。

数百年前に建てられたという庁舎は窓が少なく、昼から蠟燭《ろうそく》が灯《とも》っているが、薄暗い。

街ではガス灯が設置され、夜でも明るいというのに、この場所は数百年前から時が止まっているかのようだ。

オランディア聖庁の長であり、退魔機関を率いるナターリエは、現国王――エマの父親の伯母にあたる。オランディア王族の血を引き、エマともわずかばかり血がつながっている。

エマは、公の記録では「死亡」扱いになっているこの国の第五王女だ。

十一年前の白亜《はくあ》離宮の魔物の襲撃のあと、魔物憑《つ》きとなったエマは王室から除名され、ナターリエのとりはからいで《聖女の杖《つえ》》預かりとなった。エマとは、本名であるアメリアにちなんだ名前である。もともと近しいひとたちからはエマの愛称のほうで呼ばれていたから、さして違和感はない。ちなみに、姓であるエヴァンズはナターリエがかわいがっている馬の名前だ。

王女アメリアは六歳で王妃である母親とともに「事故死」したことになっており、王都にはアメリアの墓だってある。さすがに自分で自分の墓参りをするほどのずぶとさをエマは持っていないが、クロエだったら腹を抱えて笑うにちがいない。

リルカの報告書を退魔機関に提出すると、ロゼッタの透かし彫りがされた鍵を渡される。退魔師たちは任務を終えると、ひとり祈禱《きとう》室に入ることが定められている。遂行した任務に想いを馳《は》せ、オランディアの安寧を祈るためらしいが、エマはこの時間が苦手だ。

（……誰も見てないか？）

祈禱室のある聖堂のまえで足を止め、左右にすばやく視線を走らせる。誰にもきづかれないうちにきびすを返そうとしたが、折悪《おりあ》しく聖堂の扉が内側からひらいた。

「《オランディアの聖女》か」

中から出てきた退魔師がエマにきづいて声をかける。

確かエマと同時期に退魔師になった男だ。歳《とし》はエマより五つほど上だったか。任務で国のほうぼうに出向くため、退魔師同士は普段、あまり顔を合わせることはない。なけなしの記憶をたどって、名前がフロイドだったことを思い出した。

「リルカではたいそうな活躍だったらしいじゃないか」

「そうだな」

最終的に魔を滅ぼすのはいつもクロエなので、エマは現地でおもに寝ていただけのような気もするが、とりあえずうなずいておく。それからフロイドの松葉杖《まつばづえ》に目を留めて、わずかに息をのんだ。膝から下がなくなっている。前に会ったときはこうではなかったはずだから、任務で負傷したのか。

「ヘマをした。今後は後方支援に回る」

フロイドが平坦《へいたん》な声で告げる。

「……そうか」

考えたが、ほかに言葉が浮かばず、結局いつもの淡白な相槌《あいづち》をした。フローレンスだったら、もっと親身になってフロイドを労《いた》わる言葉をかけただろうけれど、エマはこういうとき、うまくひとを思いやることができない。退魔師は任務で命を落とすことが多い。右足ひとつで済んだのはむしろ幸運なほうだ。ただしフロイドはそうは思わないだろう。

「あんたはいまだに傷ひとつないな。出会った頃から変わらない」

「……何が言いたい？」

「べつに。なあ、どうして神はあんたばかりを愛するんだ？」

すれちがいざまにフロイドが暗い目をして問いかけた。

どんな魔物と対峙《たいじ》しても傷ひとつ負わない――とくべつな加護を持つ聖女はひとびとには信仰の対象になっているけれど、《聖女の杖》内では薄気味悪がられている。エマが魔物憑きだと知っているのは、十一年前にクロエを祓《はら》おうとした高位の退魔師たちとナターリエだけだ。ほかの者は、何か得体の知れない術でも使っているのではないかと遠巻きにエマを見ている。屈託なく接してくれるフローレンスは数少ない例外だ。

無視しようと思ったが、フロイドが前方を塞ぐように立っているので通れない。負傷した足のせいで、うまく動けないというわけでもないようだ。エマは息をついた。

「通せ。邪魔だ」

「――得体の知れない魔女め。いつか神の裁きがくだるぞ」

「いつでもどうぞ。……むしろ、そっちのほうがわたしもたすかる」

エマのつぶやきをどう受け取ったのかはわからないが、「くたばれ！」と吐き捨て、フロイドはきびすを返した。荒っぽい足音を立てて遠ざかっていくフロイドの背から、手の中の祈禱室の鍵に目を落とす。

（くそ。さぼりたかったのに、予定がくるった）

聖堂の扉をあけると、堂内に置かれた香炉から乳香の香りが漂う。顔をしかめ、エマは聖堂に並んだ祈禱室のドアのうちのひとつをひらいた。

◆◇

「姫さま、考えごと？」

クロエはエマの髪をブラシで梳《す》いている。

王都郊外にあるエマの家は、ナターリエが用意したもので、いわく「かつて放蕩《ほうとう》していた頃に使った隠れ家のひとつ」らしい。クロエとふたりで暮らすには申し分ない広さで、任務から帰ってくるたびにしばらくのあいだ滞在している。いちおうエマの「家」はここになるのだろうが、年中出払っているせいで、滞在場所のひとつというかんじしかしない。あと、大きさとか、調度の配置とか、壁紙の色やなんかも、エマの「いつか手に入れたいわたしの家」とはぜんぜんちがう。

「べつに」

そっけなく返事をしつつ、紅茶に砂糖を入れる。

きのうは旅の疲れが出て、一日、寝台のうえで臥《ふ》せっていた。今朝は幾分調子も戻ったので、窓辺の椅子でクロエが淹《い》れてくれた紅茶を飲みつつ、読書をしている。フローレンスから借りたロマンス小説だ。男と男が女を取り合っていてせわしない。泣いたり怒ったり元気でよいなあ、とうらやましく読んでいる。フローレンスからは読み方がおかしいと言われる。

クロエは暇らしい。エマの背に回ると、髪をブラシで梳いて、花の香りがするオイルを塗り込みだした。どこから取り寄せたのかと訊《き》くと、自分で調合したらしい。クロエはエマの髪をいじったり、爪を磨いたり、化粧をしたり、とにかく身の回りの世話をすることがすきだ。面倒なのですきにさせていると、手入れをした髪をすくって編みはじめる。

本から顔を上げ、エマは首を傾《かし》げた。

「おまえはひとの髪で遊ぶのがすきだな」

「だって、姫さまの髪はきらきらしていて、絹糸みたい。長いから、いろんな編み方ができるのも楽しいし」

「ほんとうはおまえくらいの長さに切りたいのだけど」

「姫さまの髪のお世話はぜんぶ僕がするから、それはやめて」

エマの髪はオランディア王族らしい、純度の高い白銀色だ。

といっても、この国で銀髪はそこそこ見かけるし、王族だけの色というわけではない。めずらしいのは、眸《ひとみ》の色のほうだ。夜の底で星がきらめく深青。魔に好まれやすいとされる色だ。今ではほとんど迷信扱いだが、母の胎《はら》からエマが生まれたときも、あまり祝福はされなかったらしい。

加えてエマは双子だった。古くから、双子の片方はひとならざるものが母の胎に入り込んで生まれるといわれ、数百年前には生まれるや殺されることもあったという。

殺されることはなかったが、妹のリルは秘匿された王女だった。

記録上は生まれてすぐに死んだことにされ、離宮で隠されて育った。

そして六歳のときに白亜離宮を襲った魔物にかどわかされてしまった。あのとき離宮にいた者は皆死んでしまったため、リルのことを覚えている人間はもうエマしかいない。銀の鈴が転がるようなあの子の笑い声も。

考えていると、エマの顔をのぞきこんだクロエが眉間のあたりをぐりぐりと押してきた。

「なんだ」と顔をしかめれば、「だって姫さま、なんだか難しそうな顔してるんだもん」とクロエが唇を尖《とが》らせる。

「そんな風にしてると、眉間に皺《しわ》が寄ってかわいくない顔になっちゃうよ」

「うるさい。もとからこういう顔だ」

「ね、せっかくの休日なんだから、デートしましょうよ。姫さま」

「……わたしとおまえが？」

「貴女《あなた》と僕が」

クロエはエマの手からロマンス小説を抜き取った。

「街に出て、新しいドレスを仕立てようよ。すこし暖かくなってきたから、プラムの花が咲きだした公園を散歩するだけでもいいし。公園の近くにあるパン屋が昼のあいだに売ってるサンドイッチはおいしいって評判。姫さまがすきなアップルパイもあるよ」

「アップルパイ……」

好物を餌にされて、つい心を動かしそうになる。

たぶん物欲しげな顔をしたエマに「はい、決まり」とクロエが手を打った。なんだかんだでつきあいが長いぶん、この魔物はエマの動かし方を心得ている。

「そうと決まったら、よそ行きのドレスを選ばないと。どれがいいかなあ。まえにクソ聖爵が贈った菫色《すみれいろ》のがいいかなあ。クソだけど、ドレスのセンスはわるくないんだよね。クソだけど」

クロエはエマと契約したての頃、エマごと封じ符の張り巡らされた牢《ろう》にぶちこまれたせいで、今もナターリエを嫌っている。シスター・フローレンスとの言い合いなどはまだかわいいものだ。

「ドレスなんてべつになんでもいいだろう」

「なんでもよくないでしょ。がんばって」

言い合っていると、出窓に飾ったフラワーポットに白い鳩《はと》がちょこんと留まった。足首に銀輪をつけている。めずらしいが、エマあての伝書鳩《でんしょばと》のようだ。

「クロエ。窓を開けて」

餌皿を鳩のまえに置くと、エマは白い身体《からだ》に掛けられたポシェットを外す。中から二つに折られたメッセージカードと二枚のチケットが出てきた。

――親愛なるわたしのアメリアへ
添えられたメッセージはそれだけだったが、筆跡に見覚えがあった。それにアメリアという名前。

「誰から？」

「奇矯《ききょう》な紳士が今日の予定を決めてくれたみたいだな」

「……なにそれ？」

いぶかしげな顔をして手元をのぞきこんだクロエに、エマはチケットを渡す。

表に印字された会場は、王都のオペラハウス。日付は今日の夕方だ。

「ドレスを出して。出かけるぞ」

窓を閉め、エマはクロエに言った。

二

「僕はつねづね思ってるんだけど」

クロエが見繕ったのは、普段はほとんど着ないような胸元に花をあしらった淡いピンクのドレスだった。袖や裾にもレースが使われていて、爪先《つまさき》にかけて斜めに入ったドレープがうつくしい。いつもは下ろしている髪はドレスに合わせてクロエがシニヨンを結って、生花の髪飾りをつけた。当世風のご令嬢のできあがりだ。

「姫さまを着飾らせるのは僕が楽しむためであって、有象無象を楽しませるためでは断じてない」

「なら、やっぱりいつものローブで来ればよかったじゃないか」

「いやだね。つかのまでも、姫さまとのお忍びデートを楽しみたいもの」

ふたりでの外出なんていつもしているだろうに、クロエのこだわりはいまひとつわからない。扇子の下で息をつき、エマはオペラハウスの高い天井を見上げた。

王都にある最古のオペラハウスは三階建てで、一階だけでなく各階にも客席が設けられている。エマのチケットに記されていたのは、三階のボックス席だった。天鵞絨《ビロード》が張られた三脚の椅子が用意されていたが、エマとクロエ以外の一脚はいまだに空席のままだ。

「どうぞ、お客さま」

銀盆を持った給仕の少年が冷えたシャンパンと軽いつまみをちいさなテーブルに置く。

ボックス席は通路とのあいだにカーテンが引かれ、外から客のすがたが見えないようになっている。このため、身分が高い貴人や訳ありの恋人たちの逢瀬《おうせ》によく使われるそうだ。

「姫さまを呼びつけたのはどこのどいつ？　べつにこのままやって来なくてもいいけど」

「多忙を極める貴人だな」

「ふうーん？　僕は暇を極める姫さまの下僕だから、反対だね？」

「おまえはどうしてそんなに不機嫌なんだ」

「はあ？　ぜんぜんさっぱり。いいよ、機嫌はね」

クロエはぶすっとしたまま、行儀悪く足を組んでいる。ふつうなら眉をひそめるところだが、この魔物がやるとなんとなくさまになってしまうのがふしぎだ。

「つきあわせた代わりに、おまえが選んだドレスを着てやっただろう」

「……ドレスだけ？」

クロエはそわっと上目遣いでエマを見てくる。

天然なのか、あざといのかわからない。エマは息をついた。

「あとでキスもしてやるから、その上目遣いをやめろ」

「………………」

「なに？」

「姫さまは僕をキスしておけば言うことを聞く、ゆるゆる頭の情夫と一緒にしてるでしょう」

「じょっ!?」

さすがのエマもうろたえた。情夫とは。

「はー、いいように使われて僕がとってもかわいそう……」

勝手に自己完結して、クロエは深々と息をついた。

言いたいことはあったが、クロエにこれ以上ねちねち嫌みを言われるのが面倒くさい。聞こえていないふりをして扇子を閉じ、エマは客席へ目を移した。

今晩の演目は「白の貴婦人の婚礼」。

無名の作曲家が書いたオペラだが、ちまたでは近頃、この噂《うわさ》で持ちきりになっているのだとホワイエで歓談していた貴婦人たちから聞いた。理由は劇中、悪夢に囚《とら》われた貴婦人が夢の中で聞く「葬送のワルツ」だ。

「なんでも『葬送のワルツ』を聞いたあと、急に劇場から飛び出して冬の川に身を投げる人間がいたとか。しかも何人も」

「へえ、そのひとたち死んだの？」

「通行人に助けられたらしい。まあ、風邪はひいただろうけれど」

「なんだ、つまんないな」

クロエは琥珀《こはく》の眸を細めて、くすりとわらった。

何人も錯乱する人間を出して、よく上演中止にならないなとエマは思ったが、身を投げた人間の証言もあいまいで、「葬送のワルツ」との因果関係は証明できない。ただ、「葬送のワルツ」でひとが死にかけたらしいという噂だけは広がって、怖いもの見たさで客が押し寄せるという状況が生まれつつあるらしい。エマは世事には疎いので、今日はじめて知った。

そのとき開演のベルが鳴り、オペラハウスの灯《あか》りが落とされる。

舞台に丸い照明があたり、冒頭のアリアが始まった。

エマに観劇や絵画鑑賞といった芸術的な趣味はない。そういうものにお金をかけるくらいなら、おおきな家を買う夢のためにこつこつ貯《た》めたいと思っている。退魔師の仕事で入る給金は決して低くはないが、簡単に家一軒が手に入るほど高給取りというわけでもない。

シャンパンを片手に、若干の退屈さを感じながらオペラを眺めていると、背後のカーテンが音もなくめくられた。

「ごきげんよう、アメリア」

ボックス席に入ってきた人影がエマのとなりに腰掛けて、優雅に挨拶する。

仕立てのよいシャツに黒のジャケット、紫檀《したん》のステッキ。洗練された着こなしだが、男性よりも輪郭が細い。彼女は名をナターリエ＝シルヴァ＝オランディアという。現国王の伯母であり、オランディア聖庁を統べる聖爵という地位についている。

「聖庁の会議は終わったんですか。聖爵」

「君はあまり驚かないからつまらないな。かわいい君との観劇だと楽しみにしてたのに」

「次からはメッセージカードに差出人名は書いてください。来るのをやめようかと思いました」

「ふふ。サプライズはわたしの趣味だからね」

にやりと口の端を上げ、ナターリエはステッキについた鳥の彫金を手で擦《す》った。

「君の忠実なる獣も、相変わらずのようだな」

言われてクロエに目をやると、足に頬杖《ほおづえ》をついたまま眠りこけていた。

エマはぎょっと目をみひらく。クロエは自由気ままな魔物だけど、エマ以外の人間のまえで眠りこけるなんてありえないことだった。何かされたのか。

「君との語らいの時間を邪魔されたくなかったのでね」

細身のシャンパングラスを手に取り、ナターリエは肩をすくめた。

出されたシャンパンに何か盛られていたらしい。エマは何の異常もないので、おそらく退魔用の何かだ。

「秘蔵の聖水だよ。ちなみにふつうの魔物なら、一口で灰になっている」

「わたしの魔物にそんな劇薬を飲ませないでください……。クロエが邪魔なら、送るチケットを一枚にすればよかったのでは？」

「それだと、その魔物は君をここには寄越さないだろう」

「……確かに」

ここに来るまでもさんざん駄々をこねたのだ。

「魔物の愛は重くて深いな」

ナターリエはからりとわらった。

クロエはエマが自分以外を見ていると機嫌を損ねる。相手が男でも女でも、若くても年老いていても、エマが向ける感情が友情でも親愛でもだ。ひととちがって魔物は、恋情とそれ以外というような繊細な区別ができない。

「聖爵がいらしたのは、『葬送のワルツ』の調査のためですか？」

「まさか。おとといは君の報告を聞く時間が取れなかったから、あらためて日を設けただけだよ。フローレンスにもそう言伝《ことづて》しただろう？　観劇はついで」

「ついで」

「そう疑念に満ちた顔をするんじゃない。ついで、ついで」

ふふっとわらって、ナターリエは従者の少年が差し出したオペラグラスをしらじらしくのぞきこんだ。よく見ると、先ほどの給仕と同じ顔だ。クロエとエマにシャンパングラスを差し出した時点で聖水を仕込んでいたらしい。エマは呆《あき》れた。

一度照明が落ち、二幕が始まる。「葬送のワルツ」が奏でられるのは、三幕の序盤のはずだからまだ時間がかかりそうだ。

「どうだい、クロエは」

もう何も入っていないとわかりつつも、おそるおそるシャンパンに口をつけたエマにナターリエが尋ねた。鳥の彫金がついたステッキを手でなぞりながら、「あなたの言うことはよく聞いている？」と訊《き》く。

「よくやっています。リルカでも魔獣に襲われた少女をたすけたのはクロエですし」

「ほう。心なき魔物がねえ？」

正確には、クロエはシャロンをたすけてはいない。契約者であるエマの身を守っただけだ。クロエという魔物は今も一切ぶれることなく、エマのことしかたすけない。そして、隙をついてエマの命令を平然と無視する。従っているようで、従っていない。

とはいえ、表向きにはエマはクロエを完全に掌握しているようにふるまわなければならない。エマは魔物憑《つ》きだ。オランディア聖庁の歴戦の退魔師たちをもってしても、クロエを祓《はら》うことはできなかった。だから、ほんとうはクロエを憑かせたまま、エマは長い眠りにつくはずだった。それはオランディア聖庁がある限り続く、半永久ともいえる眠りだ。

クロエは高位の魔物だが、契約者であるエマにその身は縛られる。ゆえに眠らせるのだ。

極限まで魔力を削《そ》いで、エマごと聖庁の地下に封じる。過去にも、退魔師たちが祓えない魔物が現れたとき、こういう風に魔物を封じてきたと聞いたことがある。

エマも当然、そうなるはずだった。それをすくいあげたのがナターリエだ。

『君があの魔物を飼いならせるなら』

幼いエマの肩に手を置き、ナターリエは言った。

『その限り、君に自由をゆるそう。乗るかい、アメリア？』

『退魔師になれるということ？』

尋ねたエマに、ナターリエはちいさくわらった。

『ああ。君にはしばらくわたしの古い知己のもとで学んでもらう。そのあいだにわたしは君の新しい身分を用意しよう。準備が整ったら、《聖女の杖《つえ》》から迎えを寄越す』

『わかった』

『アメリアの名前はよそうか。新しい名前はどんなものがいい？』

『呼びやすければ、なんでもいい』

そっけなく答えると、『なら、「エマ」』とナターリエが言う。

『エマにしよう。まったく馴染《なじ》みのない名前にするよりは、君もよいだろう』

こうしてエマ＝エヴァンズは生まれ、王女アメリア＝リト＝オランディアは墓の下に葬られた。

「報告は以上です」

リルカの件のあらましを話し終えると、ちょうど落ちていた照明が点灯し、舞台に喪服を着た歌手が現れた。

三幕、「葬送のワルツ」の独唱のはじまりだ。

噂のアリアが歌われるからか、客席もにわかに色めきたっている。ナターリエがシャンパングラスを置き、従者の少年が警戒するようにそばに控える。エマも口元を隠していた扇子をぱちんと閉じた。

照明が当たった舞台から、かぼそいアリアが流れはじめる。

場面はヒロインである白の貴婦人が悪夢に囚われるシーンだ。途中から中央に立つ女性歌手につきまとうように、男性歌手が二重奏を繰り広げる。ソプラノとテノールは強弱を繰り返しながらオペラハウス全体をのみこんでいく。

ふいにエマは幼い頃、母のマリアに連れられて教会のミサに参加したときのことを思い出した。人見知りをするエマは、お気に入りのぬいぐるみをぎゅっと抱きしめて、母の背に隠れるようにしている。リルがいないから不安なのだ、と思い出して、そういえばなぜリルはいなかったのだっけ、と疑問に思う。あの子はそう、生まれながらにいなかったことにされたエマの半身で、だから教会のミサには決して参加できなかった。お祈りはいつだってわたしの仕事で……。

――わたしはなぜ今こんなことを思い出している？

「姫さま」

軽く頬を叩《たた》かれ、目をひらく。

（目をひらく？）

寝ていたのか、エマは今。

（ありえない！）

ぱっと跳ね起きたエマの頭がクロエの顎にあたる。

「あいた」と間抜けな声を上げたあと、クロエはエマの手を恭しく取った。

「起きた、姫さま？」

「……寝てたのはおまえのほうだろう」

「そうだっけ。もう起きたよ。あまりに下手なアリアのせいで」

クロエに顎で示され、舞台上に目を向ける。

いつの間にか男性歌手は舞台から去り、貴婦人のアリアは最高潮に差し掛かっていた。恐ろしいほどの高音で駆け上っていくアリアは、薄氷のうえを駆けるような不安定さがある。客席ではエマのように意識を失って椅子の背やとなりの客にもたれかかっている者が多い。いったい何が起きているのか。

横に目を向けると、ナターリエと従者の少年はちゃっかり耳当てをつけていた。半眼になったエマに首をすくめ、「モモ」とナターリエは従者の少年を促した。

ボックス席の手すりにひらりと飛び乗った少年が、構えたボウガンで歌手に狙いを定める。つがえられているのは、エマの髪飾りに似た銀針だ。聖水に長い間浸していたもので、退魔師たちは通常、こうした武器で魔を祓う。

ひゅん、とつがえた銀針が矢のように飛んで、歌手のすぐ耳元を通過する。

一瞬、歌声が途切れた。だが、すぐに意識を取り戻した歌手がアリアを続ける。

もし彼女自身に魔が憑いているなら、今の一射で祓われていたはずだ。

つまり魔が宿っているのは彼女自身ではなく――。

あたりに視線を走らせていると、ふつりとアリアが途切れた。否、「葬送のワルツ」が終わったのだ。

歌手が舞台袖に下がり、それまで眠っていた観客たちが目を覚ます。すこし遅れて照明が落とされた。どうやら照明係も同様に眠りかかっていたようだ。

「いったいなんだったんだ……？」

「原因は歌手ではなく、歌そのものにあるみたいだね」

つぶやいたエマに、耳当てを外しながらナターリエが応える。ボックス席の手すりにのぼっていたモモがボウガンをしまって、猫のように床に下りた。だが、すぐにボウガンの銀針を別の場所に向ける。

「――やめろ、クロエ」

クロエの手元から銀の粒子がぱらぱらと舞っている。魔術を発動させているのだ。その先にいるのはナターリエである。一気に場に走った緊張には意に介した風もなく、クロエはのんびり肩をすくめた。

「だって、このクソババさまでしょ、僕らに下手なアリアを聞かせたの。おまけにクソまずいジュースを飲ませるしさあ。一度自分でも飲んでみたらいいんじゃない？」

「ふつうなら、一撃で祓われるような極上の聖水だがね」

「いっぺん死ねば？　ああ、生き返らなくていいよ」

魔術を解いたクロエが代わりにフォークをぽいと投げると、ナターリエの耳のすぐ横に刺さった。

銀針をぎりりとつがえる従者の少年に、ナターリエが命じる。

「おまえも、武器をさげたまえ」

「でも、ナタ」

「おまえでは敵《かな》わない。無意味ないさかいで命を散らすのは愚か者のすることだ」

ナターリエに軽く膝を蹴られるにいたって、モモはしぶしぶボウガンを下ろした。

クロエが白けた顔で肩をすくめる。その頭をぺんとエマは叩いた。

「いたっ」

「フォークをひとに向かって投げるな。マナーの基本だろう！」

「………………」

「返事は？　クロエ」

「はあい」

不服そうではあるが、椅子からフォークを引き抜いたクロエに、エマは詰めていた息を吐き出した。聖爵相手に攻撃を仕掛けるなんて、ふつうだったら即刻消し炭にされているところだ。

「聖爵。元凶は楽譜のほうにあるとおっしゃいましたね？」

「モモ」

座り直すと、クロエのせいで途切れた話を続ける。

「先ほど起きたことについて、何かご存じなのですか？」

「王都では最近、その話題で持ちきりだからね。魔に魅入られる恍惚《こうこつ》のアリア。確かに効果は絶大だ。すべてを奏でられたら全員死んでいる」

「ということは、さっき流れていたのはアリアのすべてではないと？」

注意深く尋ねたエマに、ナターリエは顎を引いた。

「作曲家が作ったアリアは本来、もっと長い曲らしくてね。『白の貴婦人の婚礼』では、そのうちの一部のみが『葬送のワルツ』として使われているそうだ」

「つまり、完成版は別にある」

「そういうこと。君も次の任務までごろごろしているのは暇だろう？　せっかくの休日だ。芸術に触れるのもわるくない。どう？　もちろん相応の謝礼は出す」

要は「葬送のワルツ」の完成版とやらを回収しろということだ。ナターリエはひとづかいが荒い。しかも貴重な休日にわざわざオペラハウスに呼びつけてまで。

クソ……と言いかけたのをすんでのところでこらえ、エマは息を逃した。

「なんだね？　アメリア」

「クソババさま、というクロエの言葉を思い出しただけです」

あっけにとられるモモの横でクロエが爆笑した。

約束のカフェに現れたのは、シルバーブロンドがうつくしい老年の紳士だった。襟に留めた鳥のラペルピンが目を惹《ひ》く。となりの席に座って新聞をひらいた紳士にちらりと目をやり、エマはホットショコラに口をつける。それから、もう一度目を向けると、頬杖《ほおづえ》をついてこちらを眺めていた老紳士が「よう」と明るく声をかけた。

「呼ばれて飛んできたよ」

めくられた白手袋からのぞいた手の甲には、カササギの刺青《いれずみ》が刻まれている。

「カササギ？」

「ひさしぶり。元気だったかな、エマ嬢？」

「今日はずいぶん地味だな……」

「女装は飽きたんだ。君のヒモ、今日も見当たらないね？」

「あいつは買いものに出かけてる。その隙に出てきた」

でないと、またごねられるのは目に見えている。

カササギに、クロエとエマの内情は話していない。独自の情報網で知っていることはあるのかもしれないけれど、表向き、カササギはクロエをからかいまじりに「エマのヒモ」

と呼んでいる。じつは恋人や情夫と呼ばれるより現実に近いのではないかとも思うが、やはり不本意である。

「結論から先に言うけど」

給仕の青年に紅茶とシードケーキを頼むと、カササギは早々に口をひらいた。

「楽譜の行方はつかめてない。作曲家も」

「……あなたでも？」

「俺にだって見つけられないものはあるよ。とくに無名の音楽家が作った幻の楽譜なんていう、そもそも世に出てきていないようなものはね」

肩をすくめ、カササギは運ばれてきた紅茶に口をつけた。

「うーん、十点」といつもの辛口の採点をしたあと、シードケーキを一口かじり、「こっちはマイナス五十点だ」とナプキンで口を拭いた。

「あげるよ、君に」

「そう？」

マルメロと檸檬《レモン》のジャムをのせたシードケーキだ。エマはたいして高等な舌を持っていないので、すこしぱさついているかな？と思う程度でおいしくいただく。

「やっぱりそう簡単には行方を追えないか……」

「いやいや、エマ嬢。俺を誰だと思ってる？」

「腕利きの情報屋？」

「この大陸一のね。並の情報屋なら、見つからなかったで報告は終わりかもしれないけど、俺はそうじゃない。楽譜の行方はつかめていないし、作曲家が誰なのかもわからない。ただ、君が言う完成版とやらを演奏している夜会の噂《うわさ》はつかんだよ」

カササギは数枚の調査書を円卓に置いた。セピア色の写真もついていて、温厚そうな青年が笑みを浮かべて写っている。身なりから推測するに貴族か。

「サイモン＝オルコット……伯爵？」

調査書に書かれた名前をエマは読み上げた。

東部のユトリトを治める伯爵だという。年齢は三十五歳。数年前に父親が急死して、伯爵位を継いだらしい。

「彼についてはすこしばかり黒い噂がある。なんでも魔物崇拝に傾倒していて、サバトを開催しているとか。知ってた？」

「いや、はじめて聞いたな」

退魔師として各地に派遣されているエマだが、オルコットの噂は聞いたことがなかった。それにカササギの情報収集力は、おそらく聖庁の諜報《ちょうほう》部より高い。

「今は社交シーズンだから、伯爵もユトリトから出て王都のタウンハウスで過ごしてる。伯爵のタウンハウスで開かれる夜会では、完成版の『葬送のワルツ』が奏でられるらしい」

「それ、ほんとう？」

「さあねえ。いちおう、夜会の招待状も手に入れたけど、いる？」

「いる」

二つ返事でうなずくと、カササギは上着の内ポケットから二通の黒い封筒を取り出した。口の端を上げ、ひらひらと招待状を振る。

「……なに？」

「いや、さすがにこの招待状は高くつくなあと思って」

「いくらだ」

「もちろん、お代はしっかり聖庁に請求するけど」

それなりの金額を書き込んだ請求書をエマに渡し、カササギは頬杖をつく。皺《しわ》までしっかり再現された顔貌で唯一変わらない碧眼《へきがん》が、楽しむように細められている。

「次はおめかしした君とディナーをご一緒したいな。なんなら君のヒモが同伴でも」

「クロエはあなたとはごはんを食べないと思うけど」

「じゃあ、今日みたいにがんばって撒《ま》いてくるんだね。ひみつの逢瀬《おうせ》をしよう」

にやりとわらい、カササギは招待状をエマの手のうえにのせた。

「それとエマ嬢」

カササギの声の調子がわずかに変わったことにエマはきづいた。

「すこしまえ、こんな噂を聞いた。離宮で静養中の第三妃が白銀の髪に深青の眸《ひとみ》の侍女を捜しているらしいって。俺ははじめそれが君なんじゃないかって思ったんだけど――」

うかがうようにエマを見たカササギは苦笑した。

「どうやらちがうようだ」

「第三妃との面識はないな」

国王の第三妃は確か三年ほどまえに王宮に上がっていたはず。十七年前、ほんの短いあいだだけ王宮にいたエマとは時期がかぶっていないし、今は懐妊して、王都から離れた湖水地方の離宮で静養していると聞いた。

「ひとちがいじゃないか」

「やっぱりそうか……。俺が聞いた話では、その侍女は第三妃以外誰にも見えないとかいうオカルトで、ちょっと信憑《しんぴょう》性が薄かったんだよな」

胸の端に一瞬、リルのことが浮かぶ。

双子のリルはエマと容姿がそっくりだった。とはいえ、行方不明の妹が第三妃の離宮にいるというのはさすがにありえない。ひとちがいか、と結論づけ、エマはぬるくなったショコラに口をつけた。

三

「出た！」

馬車に乗り込むなり、フローレンスはクロエを指さし、苦虫を噛《か》み潰したような顔になった。

「駄犬！　おまえのような獣はお呼びじゃなくってよ！」

「これはたいそうなご挨拶だな。シスター・フローレンス。還俗《げんぞく》したの？」

デコルテのうつくしい薔薇色《ばらいろ》のドレスを着たフローレンスを見て、クロエがわらう。

エマたちが乗った馬車の行き先はサイモン＝オルコット伯爵邸だ。オルコットが主宰している夜会にフローレンス、エマ、クロエは潜入することになった。伯爵の夜会で「葬送のワルツ」の完成版が奏でられているらしいという噂の真偽を確かめるためだ。普段ならエマとクロエだけで対応するが、妙齢の令嬢が従者を連れてひとりで歩き回っていると悪目立ちするので、物好きな令嬢姉妹を装うことにした。従者は招待客の数には入らないので、カササギが用意した二通の招待状で足りる。

普段は修道院でシスターとして生活しているフローレンスは、《聖女の杖《つえ》》にも所属し、必要なときは情報収集や退魔師たちの後方支援を行っている。

「フロウはドレスも似合うな」

「エマだって、もちろんすてきですよ」

ちなみにエマのほうは深青を基調とした露出の少ないドレスで、顔は透けた黒のベールで隠している。エマが《オランディアの聖女》だと知るひとは少ないが、誰が呼ばれているかわからない夜会なので、念のためだ。夜会では、ベールや仮面で顔を隠す貴人も少なくないので目立たない。

「駄犬さえいなければ、エマとふたりのすてきな夜会になったでしょうに。どうしておまえも来たのか……」

嘆息したフローレンスに、窓の外に目を向けていたクロエがはっと鼻で笑う。あからさまに小ばかにした態度に、フローレンスがヒールの高い靴をひるがえした。長い足を組み直してクロエがフローレンスの攻撃をかわす。

「この駄犬っ！」

「足癖がわるいシスターだなあ」

足の攻防を続けながら、罵り合いも忘れない。あまりに呼吸がぴったりなので、いっそこのふたりは仲が良いのではと思うくらいだ。口にすれば、猛烈な反論が返ってくるにちがいないので、エマは息をつくにとどめたが。

夜道をしばらく走ると、オルコット伯爵のタウンハウスが見えてきた。宵闇の中、灯《あか》りがついた屋敷《やしき》がひっそりと浮かび上がっている。サバトが行われているという噂に反して、白亜の壁に優美な曲線を描く外観はうつくしい。

屋敷のまえで馬車が緩やかに停車する。

「クロエ」

先に降りたクロエの手を取ってステップに足をかけ、エマは男の耳元に口を寄せた。

「くれぐれもオルコット伯爵に感づかれるような真似《まね》はするなよ」

「仰せのままに。いつもどおり、おとなしくしていればよいのでしょ」

まるで信用ならない澄まし顔でクロエはうなずいた。エマの手を引き、すこし身をかがめて囁《ささや》き返す。

「でも、うつくしい貴女《あなた》は誰にも見せたくないな。僕がこのような卑しい身分でなかったら、どこへでも連れ去ったのに」

「急にきもちがわるいことを言い出すな」

「お嬢さまに懸想する従者の気分になってみたんだよ。なりきりって大事でしょ？」

クロエは新しい遊びでも見つけたみたいにわくわくしている。悦楽を愛する気質ゆえか、この魔物はどこにいても何をしていてもだいたい楽しそうである。表情をほとんど変えず、超然としているとか、あるいは人形のようだ、と言われるエマとは大違いだ。

クロエが魔物らしい酷薄さを持っているのは知っている。けれど、ときどきこの魔物のほうがエマよりもずっと人間のふりがうまいように感じることがある。

「〝アメリア〟」

今日使う偽名のほうでフローレンスがエマを呼んだ。

フローレンスが偽名として考えたのは、偶然だがエマのもとの名前と同じだった。懐かしさに胸がうずき、エマはそれを苦笑で紛らわせる。

「はい、クレアお姉さま」

フローレンスの偽名はクレアである。カササギが用意した招待状には氏名欄がなく、通常は同じ趣味を持った人間たちを介して手に入れるものらしい。身元を偽り、潜入するフローレンスとエマにとっては好都合だった。

今日の夜会は、オルコット伯爵が最近手に入れた天使画の鑑賞会も兼ねていて、芸術好きな貴族が集まる中規模のものだ。入口で招待状の確認があったあと、ひとびとが歓談するホールに通される。天井を飾るシャンデリアがまず目を引いた。円形のホールの中央には、お披露目された天使画が掛けられ、部屋のそこかしこでグラスを持った男女が歓談している。ヴァイオリンとチェロにピアノを加えた三重奏が控えめな音量で奏でられていた。

フローレンスと連れ立ってさりげなく窓際に移動する。この場所からはホール全体が一望できる。

「どうです、アメリア」

「オルコット伯爵が見当たらない」

「彼は夜会を主宰するものの、自分ではあまり表には出てこない人物みたいですよ。今日も登場する気があるのかどうか……」

話しながら、フローレンスはシャンパングラスを取りに行ったクロエの背にちらっと目を向けた。

「あのひと」

「ああクロエ？」

「いくつになるんですっけ」

「さあ……三十手前じゃないか」

実際は千年以上を生きる魔物だが。

「ふうん。出会った頃からほんとうに変わらないひとですね」

はたから見れば、クロエは二十代半ばの青年のすがたをしている。ただ、異国情緒がある美貌は年齢が判じづらく、それより年上だといっても年下だといっても納得してしまう雰囲気があった。無邪気さとふてぶてしさが同居するクロエの気質が、余計に印象をわかりづらくしているのかもしれない。

エマたちがフローレンスと出会ったのは五年前。まだエマが退魔師の修業をしていた頃だ。クロエは表向きにはエマと同じくナターリエが用意した戸籍を使い、家族が魔物に殺された孤児ということになっている。《聖女の杖》にはこうした出自の人間が多いので、不審がられない。ただこの先、十年、二十年が経《た》てば、今のようにはいかなくなるだろう。

「誰よりも優秀なエマが、あの役立たずと一緒にいる理由がいつもわからないわ」

「わたしは優秀じゃないよ。身体《からだ》もポンコツだし」

「それは知ってますけど」

フローレンスは苦笑した。

「エマの内側にあいつしか触れられない場所があるのも、なんとなくわかりますけど」

視線だけはホールに向けながら、すこしさみしそうにつぶやく。

ほんとうはそんなたいそうなものじゃない。エマは優秀ではなく、とくべつな加護もなく、実際の魔祓《まばら》いはクロエにさせている。そういう誰にも言えないひみつがあるだけだ。

一瞬、この友人にすべてを打ち明けたい衝動がわき上がったけれど、我慢した。こんなひみつを打ち明けられたところでフローレンスだって困るだろう。――……いや、どうなのだろう。わたしが、こわいのかも。わたしが、フロウにきらわれたくないだけなのかも。心の底にあるのはいつだって、こわいとか、きらわれたくないとか、利己的な理由だ。

「ねえ、エマ」

エマにだけ聞こえる声でフローレンスが囁いた。

「あの傷は、まだどうしても消したくはないのね？」

エマは軽く目をみひらいた。

数年前、左足首の傷痕が薄くなればと医者を探してきてくれたのはフローレンスだ。それをエマは断った。あのときのかなしそうなフローレンスの顔が今も忘れられない。この友人をかなしませたいわけではないのだ。でも、傷を消して新しい人生を歩んでいくという想像もできない。あの日流れた血と肉の延長線上にしかエマは存在できないのに。

うまい切り返しが出てこなくなってしまい、エマはフローレンスのドレスの端をつかんだ。口を閉じたままそうしていると、フローレンスが手を握ってきた。昔からなぜかフローレンスはエマがしてほしいことを言葉にしなくともわかるときがある。

短いあいだ、手をつなぎあった。フローレンスの手はいつだって体温が高くあたたかい。

「——ああ、音楽好きのヒックス男爵が来てますね。わたくし、声をかけてみます」

すこし離れた場所から楽団の演奏に耳を傾ける初老の男に目を留め、フローレンスが動いた。

「エマも無理はしないで。のちほど合流しましょう」

「フロウも気をつけて」

「駄犬。おまえはせいぜいエマに傷ひとつつけないように！」

ちょうど戻ってきたクロエに胸をそらせて命じると、フローレンスは真紅のドレスをひるがえした。ヒックス男爵にちかづき、グラスを取りながら声をかける。クロエ相手には悪態ばかりをついているが、もともとフローレンスはひとの懐に入り込む術《すべ》に長《た》けた女性だ。

「さて、姫さまはどうするの？」

愉快そうに尋ねてきたクロエにエマは顔をしかめた。

こういう情報収集は、エマはどちらかというと苦手だ。……嘘《うそ》を言った。すごく苦手だ。

ひととしゃべること自体得意ではないのに、あたりさわりのない世間話をしながら、欲しい情報を引き出すなんてレベルが高すぎる。エマにしっかりフローレンスをつけるナターリエの思惑《おもわく》が透けて見えるというものだ。

とはいえ、フローレンスばかりを働かせているわけにもいかない。

（「葬送のワルツ」の完成版はたぶん、皆の前で流されるわけじゃない）

身分のある人間たちが集う夜会だ。この数の人間に異変が起きれば、さすがに警察が動いているはず。

（つまり、オルコット伯爵から声がかかった者だけが通される別室がある）

フローレンスとも、ここに来るあいだの馬車でそんな話はしていた。彼女が真っ先に音楽好きのヒックス男爵のもとに向かったのはそのためだろう。

（たぶん伯爵もどこかからわたしたちを見ている。でも、どこだ？）

うろうろとひとのあいだを縫ってホールを歩いていると、テラスから中へ入ってきた男とぶつかりかけた。

「あっ、わるい」

思わず素の口調で詫《わ》びてしまってから、あわててドレスの裾を軽く上げて「失礼しました、ミスター」と令嬢らしく謝り直す。シャンパン色の髪にエメラルドの眸《ひとみ》をした若い男だ。彼はなぜか驚いた風にエマを見つめた。

「ご令嬢、お名前は？」

「アメリア＝レスモンドと申します」

用意した偽の姓名を名乗る。

「アメリア……」

男は眉根を寄せ、何かを考え込むような仕草をした。

もしや感づかれたのだろうか。内心ひやひやとしつつ、男に考える間を与えないよう口をひらく。

「失礼ですが、お名前は？　ミスター」

エマが尋ねると、「ああ、名乗り遅れました」と男は姿勢を正した。

「この会を主宰しているサイモン＝オルコットと申します」

「……あなたが」

思わず息をのむ。こんなに早く接触できるとは思わなかった。

「伯爵はあまり表にはいらっしゃらないと聞いていたので驚きました」

「顔を見せていないというだけです。主宰者があまり出張ると、皆も疲れるでしょう？　わたしはうつくしいものを鑑賞する場を提供するだけなので」

「無欲でいらっしゃるんですね」

螺旋《らせん》階段の下に位置するこの場所は、あちこちで歓談する客人を目立たずに一望できる。

給仕の青年に声をかけたオルコットが、手に取ったふたつのシャンパングラスのうちのひとつをエマに渡した。受け取ったものに口をつけるふりをしつつ、さりげなく離れた場所にいるはずのクロエを捜す。そこでエマはシャンパングラスを落としかけた。

（なんで従者がホール中央で堂々と踊っているんだ！）

「あれはどこの誰だろう」

貴婦人がたはうっとりと素性不明の美貌の男に見惚《みと》れている。不審がるどころか、「次はわたくしが」とクロエのパートナー目当ての列ができている始末だ。あの魔物はどうして見境もなく女たちを誘惑するのだろう。暇なのか。

（……暇なんだろうな）

「しかし、たいそううつくしい男だ」

オルコットはエメラルドの眸を細めた。

「うつくしいものはおすきですか、ミス・レスモンド」

何気なさを装った質問にただならぬ気配を感じて、エマは顔を上げる。

クロエを見ていたはずのオルコットは今はエマをじっと検分していた。

──すきです。そう答えようと思った。だが、ためらう。

「……どちらかといえば、こわい」

低い声で、エマはつぶやいた。

「こわい？」

「油断すると引きずり込まれそうで。相手のすきにされないよう、手綱をしっかり握っていなければと思います」

「あなたはまるで猛獣使いのような言葉選びをするな」

オルコットは肩をすくめた。

「だが、確かにあれもまた猛獣だ」

飲み干したグラスをオルコットがテーブルに置く。

あれとは何を指しているのだろう。完成版の「葬送のワルツ」のことか。だとすれば、オルコットはいったいどこで楽譜を手に入れたのだろう。

何か聞き出せないかと次の言葉を考えていると、流れている音楽が切り替わった。明るい曲調のワルツだ。歓談していた貴婦人たちがパートナーと手を取って踊りだす。

「ミス・レスモンド。猛獣のようなワルツを聞いてみたいと思うかい？」

「……ぜひ」

差し出された手にエマは軽く手をのせる。するりと引っ張られ、オルコットについて螺旋階段をのぼった。夜会に集まった客人はおのおの歓談や絵画の鑑賞に夢中で、こちらにはきづいていない。せめてフローレンスに合図を送りたかったが、いつの間にか居場所を見失ってしまっていた。普段、誰かと協力して仕事にあたることがほとんどないので、あちこちに意識を配ることにエマは慣れていない。

（もしものときは……）

編み込んだ髪に挿した髪飾りにエマは触れた。

銀針は低級の魔物程度なら祓《はら》うことができるが、人間相手ではただの銀製の針でしかなく、武器としては心もとない。そもそもエマには体術の心得もなかった。昔、習おうとしたこともあったのだけど、すこし訓練に励んだだけで熱を出し、ベッドから起き上がれなくなったのであきらめた。

「あなたは、わたしが敬愛する方にとてもよく似ている」

階下の喧騒《けんそう》から離れた廊下を連れ立って歩きながら、オルコットがつぶやく。

窓がない廊下は暗く、オルコットが途中で手にした燭台《しょくだい》だけが唯一の灯《あか》りだ。

「伯爵のお知り合いに？　どんな方でしょう？」

「ミューズ。創作の泉というべきか……」

考え込むように言葉を途切れさせ、突き当たりの部屋のまえでオルコットが足を止めた。

エメラルドの眸がふいに強い疑念を滲《にじ》ませてエマを見つめる。

「しかし、あなたはほんとうに『アメリア＝レスモンド』という令嬢なのか？」

オルコットの手がエマに伸びたので、とっさに髪飾りから銀針を抜く。

眼球ぎりぎりで止めた銀針に目を細め、「昨今の令嬢は髪に暗器を仕込んでいるのか？」

とオルコットはわらった。

もうすこし決定的な証拠をつかみたかったが、正体がばれかかっているならしかたない。

「わたしはオランディア聖庁の退魔師だ。完成版の『葬送のワルツ』を探している」

「ほう？」

オルコットは興味深そうに目を眇《すが》めた。

「奇遇だな。わたしもかの楽譜を探している」

「完成版を夜会で披露しているんじゃなかったのか？」

「あいにく最終楽章がまだでね。だが、君に出会えた。わたしのミューズ」

銀針を持つ手が痺《しび》れてくる。

まだなのか、とエマは舌打ちしたくなるのをこらえた。時間稼ぎをしているのに、なぜまだ現れない。

（まだ踊っていたら殺す！）

「クロエ。もういい加減にしろ」

「はい、エマ。やっと呼んだね？」

オルコットの背後から、ひょいとクロエが顔を出した。

「――誰だ！」

銀針を持つ手をつかみとり、オルコットがエマの首に腕を回す。

クロエは肩をすくめた。

「浮気者の姫さまを迎えにきただけの従者です。目を離した隙に別の男と抜け出すなんて、ひどい姫さまだな」

「おまえこそ、わたしから目を離して遊んでいただろう」

「おや、やきもち？」

エマにちかづこうとしたクロエに「止まれ」とオルコットが低い声で制止をかけた。

「ちかづけば、彼女の首の骨を折るぞ」

「それはいやだな」

クロエは素直に足を止め、両手をすこし上げた。

オルコットがエマの首に回していないほうの手でベルトから何かを抜き、直後に引き金を引く。消音装置がつけられた拳銃からは銃声は微《かす》かにしか鳴らなかった。眉間を撃ち抜かれ、床に倒れたクロエへオルコットが冷めた一瞥《いちべつ》を送る。仰向けに倒れたクロエの額には穴があき、噴きだした血が床に広がった。

「不用意に楽譜にちかづけば、皆こうなる」

「……銃を持っていたんだな」

「護身用でね」

弾を吐き出したばかりのまだ熱い銃口をオルコットはエマの頬に押しつけた。じりりと焼けつくような痛みが走って、エマは頬をゆがめる。

「アメリア。中へ」

複数の鍵が並んだドアを開錠し、オルコットはエマを歩かせて部屋に入る。蠟燭《ろうそく》のわずかな光に浮かび上がったのは年季の入ったピアノ、そして床を埋め尽くさんばかりの白い楽譜だった。

「わたしはもともと、趣味で曲を書いては、偽名で音楽家たちに売っていてね」

エマをピアノの椅子に座らせ、オルコットは語りだした。

「わたしが書いた曲はかなりの値で取引され、大劇場で上演されたりもした。どれも満員で、評判はすこぶるいい。だが、わたしは満たされなかった。これではない。何かがちがう。ずっとそんな気がしていたのだ。そして、半年ほど前のある夜、旅先で夢を見た」

そのときのことを思い出すように、オルコットはエメラルドの眸を細める。

「そこで、わたしはあなたに出会った」

「わたしに？」

エマは眉をひそめる。

「あなたが口ずさむメロディは、わたしがこれまで作ってきた曲とはちがう、魂をつかむ荒々しさがあった。夢であなたに会うたび、あなたが口ずさむメロディをわたしは書き留めていった。そうして生まれた『葬送のワルツ』は、聞いた者をときに死に追いやるほどの力を持った……」

（なぜ、わたしなんだ？）

エマはオルコットと面識がない。ナターリエから「葬送のワルツ」の話を聞いて調査するまで、存在自体を知らなかった。それなのに、誰がなんの目的でエマを騙《かた》る？

（そういえば……）

すこしまえ、カササギも妙な話をしていた。

静養中の第三妃がエマとよく似た容貌の侍女を捜しているようだと――。

（あれはだれだ？）

「だが、あとは最終楽章だけで完成するというそのときになって、あなたはわたしの夢に現れなくなった。なぜ、現れなくなった？」

「知るわけないだろう」

「オペラハウスや夜会で『葬送のワルツ』を流せば、あなたはきっとわたしのもとに現れると思った。ちがうのか？」

「わたしはおまえを知らない。というか、わたしが歌をうたうと、わたしの従者はそっと窓を閉める。あいついわく、わたしには音楽的才能が皆無らしい。いっそ魔物も追い払えそうだと」

臆面もなくのたまうと、「は？」とオルコットが眉根を寄せた。だが、エマのほうも夢の中に現れただの、メロディを口ずさんだだの言われたってわけがわからない。エマはたとえ夢でも、見知らぬ男に歌いかけたりはしないだろう。

「ここに来たのは、歌の続きをおまえに教えるためではなく、楽譜を回収するためだ。まだ完成してないならよかった。オルコット伯爵。これまでに出来上がった楽譜を渡せ」

「回収？」

信じられないというように聞き返し、オルコットは銃口をエマの眉間に押しあてた。

「わたしの葬送のワルツを？　ふざけるなよ！」

引き金が指にかかる。

エマは目を閉じなかった。エマの目には、オルコットの背後に立つ長身の影が見えていた。

「僕の姫さまに許可なく言い寄らないでくれるかな。たいへん不愉快」

蹴られたオルコットが横に弾《はじ》き飛ばされる。

「なっ……！」

驚愕《きょうがく》して目をみひらくオルコットのまえに立ち、クロエは彼の手から離れた拳銃を拾い上げた。

「おまえ、なぜ」

「さっきは鉛弾をお見舞いしてくれてありがとう？　ふうん、この引き金を引いて使うのか」

「――クロエ」

エマの制止を待たず、クロエは構えた銃の引き金を引いた。音もなく銃弾が吐き出され、オルコットの右肩を射貫《いぬ》く。ひっ、と短い呻《うめ》き声を上げ、オルコットが積み重なった楽譜のうえに倒れた。

「あ、ずれた。急所を射貫くって結構むずかしいんだな。あんた、腕がいいんだね？」

今度は構えもせずに引き金を引く。やはり額を射貫けず、かすった弾のせいでオルコットのこめかみから血が流れた。

「うーん、直接銃口をくっつけないと無理か」

「クロエ、いい加減にしろ！」

エマは銃口を塞ぐように手を差し出した。連射した銃口はかなりの高温になっていて、手袋をつけていなかったら火傷《やけど》をしている。

「……姫さま、そいつをかばうの？」

クロエは琥珀《こはく》の眸《ひとみ》を眇めた。普段、愛想のよい笑みが湛《たた》えられている顔貌は、表情がするりと消えると、ひどく冷淡なものに変わる。だが、これがこの魔物の本性だ。うつくしくて冷淡。ときに手に負えない。膨れ上がった緊張をエマは唇を嚙《か》んでのみくだした。ここでおびえを見せたら負けだ。

「わたしたちの目的は死の楽譜の回収。オルコットを殺す必要はないだろう」

「ふふっ」

「なんだ」

「あれもだめ、これもだめ。姫さまはひとのくせに、首輪のついた犬のようだな」

クロエはエマの手をあっさり銃口から外し、前に踏み出した。平然と自分の制止が振り切られたことに愕然《がくぜん》となる。クロエが言うことを聞かない。

「こいつは嫌い。僕の姫さまに手を出した」

「クロエ、ばか。やめろ」

「万死に値するよね。姫さまの顔を傷つけるとか」

「やめろって言っているだろう!?」

エマはオルコットを背にかばうように、クロエとの間に飛び出した。手にした銀針をクロエに向ける。銃口をオルコットに向けたまま、クロエは呆《ほう》けた表情をした。

「そんなほっそい針で僕をどうにかできるって本気で思ってる、姫さま？」

「思ってない。でも、おまえがオルコットを撃つなら、わたしはこれで自分の顔を傷つける。おまえが大事なわたしの顔が、おまえのせいで傷つくんだ。いいのか？」

「ええー……そうくるの？」

クロエは嫌そうに顔をしかめた。

しばし睨《にら》み合いを続けたあと、舌打ちしてぽいっと銃を後ろに投げる。

「ずるい。姫さま」

銀針を持つエマの手をつかむと、クロエはつぶやいた。

「ずるい。かわいい。ひどい。めちゃめちゃにしたい。でもすき。どうしよう？」

頬にひんやりした指先が触れる。鏡を見ていないのでわからないけれど、触れられたあたりがすこしひりひりしている。さっきオルコットに銃口を突き付けられたときに軽く火傷でもしたのか。指で触れた場所にふわりとくちづけもして、クロエは息をついた。

「でも、僕はとっても優秀な貴女《あなた》の獣なので？　姫さまの仰せのとおりにいたします」

「いい子だ」

絹糸のようにやわらかい黒髪を手で撫《な》でる。

オルコットのようすを確かめると、泡を吹いて昏倒《こんとう》していた。痛みと恐怖で意識が飛んだらしい。ドレスを裂こうとしてから、「クロエ」と呼ぶと、心得たようすでジャケットを渡される。寝かせた男の右肩を止血していると、

「エマ！」

フローレンスが部屋に飛び込んできた。

「急に消えるから……！　大丈夫ですか？　あっ、その男は？」

「サイモン＝オルコット伯爵だ。散らばっているのが『葬送のワルツ』の未完成版。この男が書いたらしい」

「いつのまに⁉」

「遅すぎでしょ、シスター。遊んでたんじゃないの？」

「お、おまえ！　おまえもくるくる踊っていたくせに……！」

ぷるぷると震え、フローレンスは地団太を踏んだ。

四

「葬送のワルツ」が書かれた未完成の楽譜は回収され、作者のサイモン＝オルコット伯爵はオランディア聖庁で聖爵ナターリエによる取り調べを受けることになった。聖爵自ら取り調べに当たることにしたのは、オルコットの身分を踏まえての処遇だろう。

だが、結局オルコットの取り調べは実現しなかった。オルコットのタウンハウスからオランディア聖庁に向かう途中、監視役として同席していた聖庁の役人の制止を振り切り、オルコットが拳銃で自ら頭を撃ち抜いたのだ。

引き金を引く直前、オルコットは、

「リル……！」

と彼のミューズの名を叫んでいたという。

◆◇

窓の外からオルガンの音がしていた。

目を上げると、通りを挟んで向かいの公園で、移動式のオルガンを持ち込んで子どもたちが歌っているすがたが見えた。外は春らんまんの陽気だ。淡黄のミモザの花がふわりと窓辺にかかっている。

――いまわの際にオルコットが叫んだ「リル」という名前について、エマはずっと考えている。

オルコットは、夢に繰り返し現れる彼のミューズとエマが同じ顔をしていると言っていた。そして、彼のミューズが彼に「葬送のワルツ」を書かせたのだと。

このことはすでにナターリエに報告してある。

《聖女の杖《つえ》》内では、オルコットに夢魔のたぐいが憑《つ》いていたのではないか、という見方が大勢を占めた。ただ、オルコット自身、しばらくまえから「葬送のワルツ」の夢を見なくなったと語っていたため、オルコットに憑いていた夢魔はなんらかの要因ですでに離れたのではないかとナターリエは結論づけた。念のため、退魔師たちがオルコットのタウンハウスを調べたが、魔物の気配は残っていなかったそうだ。

筋は通っている。きっとそうなのだろうとエマも思う。

けれど、それならなぜオルコットはエマの顔によく似たミューズを「リル」と呼んだのか。単なる偶然にしてはできすぎていないか。オルコットのまえに現れた少女は、エマがよく知るリルなのだろうか。あるいは白亜離宮の魔物が装ったすがただったのか。

考えていると、エマの心臓は逸《はや》るような軋《きし》みを立てる。わたしは白亜離宮の魔物にちかづいているのだろうか？　リルはそこにいる？　けれど、もしオルコットのまえに現れたのがリルだったとして、あの子はエマが知る幼いときのあの子のままなのだろうか……。

「姫さま」

エマのまえに、クロエが陶磁のカップを置いた。

「報告書ははかどってる？」

「あー……いや」

《聖女の杖》に提出する報告書はいまだに真っ白なまま、エマが握ったペンのインクが滲《にじ》んでいる始末だ。あきらめて一度ペンを置いたエマに、「根詰めすぎはよくないよー。貴女はひよわだし」とクロエが苦笑する。

クロエが淹《い》れたのは数種のハーブを煎じた薬草茶のようだった。

魔物のくせにクロエは薬草の扱いに長《た》けている。レモンバーム、エルダーフラワー、ローズマリー、フェンネル、ミント、カモミール。屋敷《やしき》のキッチンには、たくさんのハーブが吊《つ》るしてあって、それらは煎じて薬草茶にされたり、料理の薬味に使われたりする。クロエは茶を淹れるのも料理をつくるのも得意だ。

今日は休日だ。クロエは朝から掃除をしていたようだが、一息つくことにしたらしい。

自分のぶんの薬草茶を置いて、エマの対面に座る。

カップに口をつけると、林檎《りんご》に似たやさしい香りが広がった。

「カモミール？」

「あたり。それとエルダーフラワーとフェンネルもちょっと。落ち着くでしょ？」

「まあ、気分はわるくない」

こういうときもエマはぜんぜん素直にならない。

添えてあった蜂蜜をとろりとカップに一筋垂らす。一口飲んで、またペンを持ち、報告を綴《つづ》りはじめる。クロエは対面で読みさしだった小説をひらいた。

しばらくすると、外で奏でられていたオルガンの曲調が変わった。ワルツだ。きづいたらしいクロエが口の端を上げて、本を閉じた。

「姫さま。はい、お手をどうぞ」

「なんだ？」

差し出された手をいぶかしげに見つめ返したエマに、「ワルツ」とクロエが言った。

「踊りましょうよ。このあいだの夜会ではできなかったから」

「わたしはダンスは踊れないぞ」

「えー、基礎くらいは知ってるでしょ。適当でいいし、なんなら教えてあげる」

クロエの言うとおり、ほんとうは基礎は知っている。

離宮にいた頃に、王女のたしなみのひとつとして覚えた。でももう十年以上前のことだ。夜会でワルツを踊る機会はないだろう。この先も。

引き上げられるようにして椅子から立たされ、エマは顔をしかめた。

「だから踊れないって……」

「いいじゃない。このあいだは僕が貴女の言うことを聞いたんだから、ご褒美」

クロエはたぶん、オルコットを捕らえたときのことを言っている。ほとんど聞いてなかったじゃないか、とエマは思ったが、結果だけをいえば、クロエはエマに従った。

息をつき、「一曲だけだぞ」とクロエの手に手をのせた。

「光栄でございます、うつくしい貴婦人」

微笑《ほほえ》み、クロエはエマの腰に手を回した。

昔、ワルツの練習をしたときは、侍女が相手だった。今は見た目は男が相手だ。近い、と思う。見知らぬ男だったら、絶対断っている。

「おまえはこういうことを誰から教わったんだ？」

クロエは機嫌よく鼻歌をうたっている。たぶんうまいのだと思う。少なくとも、夜会で見た招待客の誰よりもうまい。でも、エマはクロエにダンスの仕方なんて教えていない。薬草茶の淹れ方や髪の編み方もそうだけど。

「カレンはダンスが得意だったからね」

「カレン？」

「三番目の貴女」

クロエは懐かしそうに琥珀《こはく》の眸《ひとみ》を細めた。

「クロエ」というのは、千年前、さる魔女が呼び出したオランディア史上最悪と呼ばれる魔物である。あまりにも強い力を持つため、歴代の退魔師たちが祓《はら》おうとしても祓えず、長い時を渡るうちに人語を操り、人心を理解するようになった。

エマは魔女の九度目の生まれ変わりにして、九人目の彼の契約者である。

エマ自身は前世の記憶を持っていないが、クロエいわく八人の契約者たちは皆、自ら命を絶ってクロエから逃げたらしい。そうすると、魂は地獄に落ち、長い年月をかけてまっさらになったすえ、またこの世に転生を果たす。そのあいだに、前の魂の記憶は失ってしまうという。

クロエは長い時をかけてこの世に生まれ落ちた女の魂を見つけ出しては、契約を持ちかける。千年ものあいだ、そんなことを繰り返している。

何度も逃げる女の魂ではなく、別の魂を選んだほうが効率的に思えるのだけど、ひとつの魂だけに執着し続けるのは、腹いせのつもりなのか、単に好みの問題なのか。クロエが考えていることはエマにはいまひとつ理解しがたい。

――カレン。

三番目の契約者の名前は、今日はじめて聞いた。

どんな娘だったのだろう。エマがほんのすこし知識として知っているのは、この国に魔物が生じやすいという災厄をもたらしたはじまりの魔女だけだ。でも、それもクロエの口からひととなりを聞いたわけじゃない。

胸にじりじりと苛立《いらだ》ちが生じた。

クロエはエマを見つめている。でも、ほんとうにエマを見ているわけじゃない。かといって、はじまりの魔女の幻影を重ねているわけでも。正しくクロエにとっては、ひとりめもふたりめも、九人目の契約者も同じなのだ。同じ魂を持っているから、ひとつながりの存在として認識されている。なんだかイライラしてくる。わたしはダンスはうまくないし、カレンでもない。

「あいた」

きづいたら、クロエの右足を思いっきり踏んでいた。

「あ、わるい」

気もそぞろだったせいだ。

素直に詫《わ》びると、「もー」とクロエは呆《あき》れた風に肩をすくめた。その顔を見たら、無性に腹が立った。何が、もー、だ。おまえのせいだ。ぜんぶおまえのせいだ。

「いい気味だ」

顎をつかんで無理やりこちらを向かせる。

「おまえの契約者の誰も、こんな風には足を踏まなかっただろう？」

すこしだけ胸がすいたので、口の端を上げてわらってやった。

いつか自分が契約した娘たちを思い出したとき、ひとりダンスが下手な女がいたことを思い出して呆れればよいのだ。そうして、そうやって、「わたし」を思い出してほしい。

ダンスが下手な女だったでもよいし、ひよわな女だったでもよいから。思い出してほしい。

ほかの八人と一緒くたにまとめられるのはいやだ。

あっけにとられて瞬きをしたあと、クロエは急にわらいだした。

両腕をエマに回して、ぎゅうと引き寄せる。

「もう、かわいいなあ貴女《あなた》は」

「くるしい。急になんだ」

「かわいい、かわいい。憎らしくてとってもかわいい僕の姫さま」

頬ずりをして、クロエは胸に引き寄せたエマの頭のうえで息をついた。

「こういう混沌《こんとん》をひとはいとしいって言うんじゃないのかい？」

「それは誰から教わったんだ？」

「ん？　詩人かな？」

「さすがポエミー。絶対、嘘《うそ》」

あきらめてクロエの胸に顔をうずめる。いつもだったら突き放しただろうけれど、今日は一瞬だけ降参したくなった。数秒後にはどうせ離れるんだろうけど、でも、一秒。二秒。

三秒目は間延びさせながら、糖蜜と薄荷の香りを深く吸い込んだ。

三章　聖女の嘘と王妃の鏡

一

初夏の風が窓を叩《たた》いている。窓をあける気配に、エマは目を覚ました。

燦々《さんさん》と朝のひかりが射《さ》す中で、いつもと変わらないすがたのクロエが室内に風を入れている。目が合うと、「おはよう」と甘く微笑んだ。

「お出かけにふさわしい爽やかな朝だね？」

ベッドのかたわらに腰掛けたクロエは、半身を起こしたエマの額に手をあてる。

「熱は下がりました？」

「いつもよりは調子はマシだな」

「それは上々」

熱を測っていた手を離すと、クロエは寝乱れたエマのネグリジェにガウンをかけた。

「朝ごはんはどうしましょう。パンを焼く？」

「固形物は無理……。ミルクに浸して粥《かゆ》にして」

「はーい。フローレンスがくれた紅茶も淹《い》れようかな。ひよわな姫さまを想《おも》って、胃に負担をかけないやつを選んだらしいよ。えらそうに自分で言ってた」

「フロウらしいな」

苦笑して立ち上がると、エマはクロエが用意した陶磁の洗面器を使って顔を洗う。冷たい水に触れると、寝起きでぼんやりしていた頭が覚めてきた。ガウンを椅子にかけ、鏡のまえに掛けられた服を見やる。いつもの白を基調としたドレスに聖庁支給の灰色のローブの組み合わせではなく、落ち着いたフォグブルーの装飾が少ないドレスだ。

エマは今日から湖水地方にあるリトルトン宮殿に赴く。

無論、職を変えたわけではない。除名された王女の身分を取り戻したわけでも。《聖女の杖《つえ》》から命じられた今回の仕事がリトルトン宮殿で静養する第三妃の調査だったのだ。そのことについては数日前、ナターリエから直接聞いた。

場所は私設の美術館だった。ナターリエはつくづく芸術鑑賞がすきらしい。あるいは、年頃の娘にもかかわらず、休暇中はだいたい屋敷《やしき》に引きこもっているエマを血縁者として勝手に案じているのか。前回のオペラ鑑賞の轍《てつ》は踏みたくないので、クロエが買い物に出かけた隙に美術館に向かったエマは、閑散とした館内をひとり歩いた。

ナターリエが指定した展示ブースには、一枚の絵が飾られていた。

趣味のわるい絵だった。寝台に横たわる男のかたわらにうつくしい女の魔物が座っている。男の顔は陶酔を帯び、ふたりのあいだには無数の花が咲いていた。

「夢魔の絵だね」

現れたナターリエが同じように絵を見上げてつぶやく。そばには黒髪をした十二、三歳の少年が侍《はべ》っていた。ナターリエが近頃連れている従者のモモだ。絵が飾ってある部屋には今、自分たちのほかに鑑賞者はいない。

「夢を介して、宿主の魔力を吸い取る魔物ですか」

「これもある種の魔物憑《つ》きだね。夢魔の場合は、夢を渡り歩いているものが多いから、あなたの魔物のようにひとりと契約を交わしたりはしないけれど」

ひとをはじめとした万物は生来、一定量の魔力が備わっている。生命力やエネルギーと言い換えてもよい。魔力が体内を滞りなくめぐることで、生命は維持される。ただ、ときにふつうよりも多く魔力を持って生まれつく者たちもいて、こうした者は魔物を呼び寄せやすい。

エマの魔力量は湖のようだとたとえられる。当世のオランディアにおいても、随一の莫《ばく》大《だい》な魔力の持ち主だ。けれど、エマはそのほとんどをクロエとの契約に使ってしまっている。ふつうの人間なら、クロエとはそもそも契約ができない。無理にでもすれば、あっというまに体内の魔力を使い切り、ミイラと化すだろう。

エマは莫大な魔力を持つがゆえに、クロエと契約ができた。だが、常に巨大な機関にエネルギーを吸い取られているようなものなので、エマ自身はほとんど自分に回せる魔力を持たず、そのためひととしてありえないほどひよわだ。半面、存在するだけで魔物たちを惹《ひ》きつけるエマがこの歳まで無事に生き延びてこられたのは、クロエのおかげでもある。

「ダリア＝エリカ＝オランディア。知っているかい？」

尋ねたナターリエに、エマは顎を引いた。

「現国王の第三妃ですね？」

「ああ。陛下が彼女を王宮に入れたのは三年前だから、あなたと面識はないはずだが」

「名前を知っていただけです。彼女に何か？」

「ダリア妃は今妊娠中でね。腹の中には国王の子どもがいる」

ああ、とエマはつぶやく。すこしまえにカササギから第三妃にまつわる噂《うわさ》を聞いたばかりだったので、すぐに思い出せた。

「今が大事な時期だ。だが、どうもダリア妃には何らかの魔の障りが起きているらしい」

魔物の影響で引き起こされる異常を総じて「魔の障り」と呼ぶ。身体に何らかの異常が現れる場合もあれば、人格が変わってしまったり、記憶の一部を失ったりと症状は多岐に渡り、原因となる魔物を祓《はら》うことでしか治せない。

「具体的には？」

「ダリア妃が懐妊したのは一年以上前なんだ」

エマは眉をひそめた。

「一年以上？」

「正確にいえば、一年と三か月だ」

通常、懐妊から子どもが生まれるまでは十か月ほど。しかし、ダリア妃は十六か月目に入るという。いくらなんでも遅すぎる。

「医師の見立てがまちがっていたという可能性はないのですか？」

「民の不安を煽《あお》らないよう、表向きにはそう言っている。ただ残念ながら、その可能性は低い。ダリア妃のおなかは順調に膨らんで、いざ生まれるという段になって成長が止まった。日々、妃つきの医者が診ているが、腹の中の子どもに異常はないそうだ。ただ、妃のほうは衰弱しはじめている。このままでは腹の中の子どもは生まれず、母子ともに命を落とすやもしれん」

「疾患ではなく魔の障りであると」

「あなたにはそれも含めて調べてほしい。ただし、できるだけダリア妃に気取られないよう内密に」

「内密？　なぜです？」

いぶかしんで尋ねたエマに、ナターリエは息をついた。

「陛下がそう命じられた。あの子は最愛の王妃を魔物に殺されているからな。ダリア妃を不安がらせたくはないと」

「そうですか……」

エマの胸にすこしだけ割り切れないものが生じた。

十一年前、エマはいなくなったリルを捜してほしいとナターリエを介して父王に訴えた。だが、王はリルは死産だったはずだと言って聞く耳を持とうとはしなかった。魔物憑きになった自分を王室から除名したのはいい。でも、王妃やダリア妃にかける愛情のほんのひとかけらでも、リルに恵んでくれたらよかったのに。そう思ってしまう自分がいる。

「リトルトン宮殿に入るときは薬師《くすし》に扮《ふん》してもらう。中に手引する者がいるから、ダリア妃に害なす魔物の正体を速やかに暴き、必要ならば祓ってくれ。ただし、できるだけ目立たずに。どうかな？」

「いつものことですけど、むちゃくちゃな要求をなさいますね、聖爵《せいしゃく》？」

「あなたが相手だからね」

くすっとわらい、ナターリエはふいに真顔になって口を閉ざした。

「まあ、でも自分の父親の妃をたすけるのは複雑か。わたしはそういう機微にはうといが、結構ひどい要求をしているかもしれない。嫌なら嫌だと言っていいよ。取り下げる」

いつもは泰然とした態度を崩さないのに、今はちょっと不貞腐《ふてくさ》れたように言う。エマはついわらってしまった。

「断ってほしそうに聞こえます」

「正直に言えば、あなたに断られると困るのだけど」

「かまいませんよ。聖爵が心配するほど、王室に思い入れはないですし。給金はほしいし」

いつもどおりの切り返しをしつつ、それに、とエマは胸のうちで付け加える。

——白銀の髪に深青の眸《ひとみ》の侍女をダリア妃が捜しているらしい。

ひと月ほどまえに会ったとき、カササギはそんな噂をエマに教えてくれた。ふつうに考えて、リルである可能性は低い。けれど、今になるとどうしても引っかかる。

オルコットがいまわの際に叫んだ「リル」という名前については結局わからずじまいだった。偶然かもしれない。聖女を描いた絵画から抜け出したかのような容貌のエマに、オルコットが自らのミューズを投影しただけかも。……でも、名前まで同じなんて偶然がありうるのだろうか。自分を落ち着かせるためにした推測をエマ自身がまた否定する。ここ最近はそんなことばかりだ。きづくと、夜が明けていて、クロエが窓を開けにやってくるまえにあわてて寝台に入る。

もし、オルコットが言う「リル」がエマのよく知るリルで、ダリア妃のもとに侍っていた侍女もそうだったとしたら。微《かす》かな期待がふくらむ半面、不安もまたじわじわとせり上がる。どちらも状況が尋常ではない。なぜリルはそんな場所にいたのか。そして、白亜離《はくあ》宮の魔物はオルコットやダリア妃の件に関わっているのか。わからない。何もかもわからないままだ。

(今回の件でリルの足取りをすこしでもつかめたらいいけど)

空のこぶしを握ると、エマは押し寄せた不安を振り払うように顔を上げた。

「お似合いですよ、姫さま」

着替えを終えて階段を下りると、窓を閉めていたクロエが声をかけた。

「今日は髪、どんな風に結おう？　薬師に扮するならそれっぽいほうがいいよね？」

わくわくと浮かれるクロエに「ふつうでいい」とそっけなく答えようとして、エマは目をみひらいた。

エマと同じくフォグブルーのドレスを着た見知らぬ美女が目の前に立っている。艶《つや》やかな黒髪はシニヨンを結い、すこしほつれた後れ毛がなんともなまめかしい。ついでにいうと、女性的なラインを描く肢体は彫像のように完璧だ。

しばらく呆《ほう》けたあと、エマはドレスを押し上げる豊かな胸を手で押した。弾力がある。完璧な乳である。

「えっ、なんです、姫さま」

クロエはなぜかもじもじした。

「おまえ、女にもなれたのか？」

「んー、どちらでも。そもそも僕らに性別なんてないし、姫さまがお望みなら、いつもこちらでいようか？」

「べつにどっちだっていいけれど」

「そ？ 我ながら美女だと思ったんだけど、姫さまはお気に召さないかあ」

肩透かしを食らったようすでクロエはぼやいた。

正面に立つと、エマよりも上背がある。黒髪に琥珀《こはく》の眸、抜けるように白い膚《はだ》。そのあたりはいつもと変わらない。

ダリア妃のもとに上がると言ったとき、「じゃあ、もう一着ドレスが必要かな」とクロエは言った。女装でもする気だろうかといぶかしんだが、まさかほんとうに女になるとは思わなかった。ダリアの意向で、リトルトン宮殿は外の警備を除いては、ほぼ女性の使用人だけで回しているらしい。ダリアに警戒されないよう、表向きはエマひとりで行動すればよいかと思っていたが、こんな解決法があるとは。

「そういえば昔、ナターリエがおまえのすがたはわたしの目に映ったもので決まると言っていた」

クロエははじめから、うつくしい男のすがたをしていた。それはエマがこの魔物を「うつくしい」と思っているからなのだとナターリエは言う。見る者によって恐ろしい怪物にも絶世の美女にも思うままのすがたに変わる。彼らはそういう存在なのだと。

「つまり姫さまが面食いってことだよ」

クロエは馴染《なじ》みのある表情でわらっている。むっとしたので、その頬を両手で引っ張ってやった。

二

ダリア妃が静養するリトルトン宮殿は、王都から馬車で半日ほどかかる湖水地方に立っていた。ダリア妃はこれが初産で、こぢんまりした宮殿は少ない使用人だけで回しているのだという。

フォグブルーのドレスをさばいて歩きながら、エマは豪奢《ごうしゃ》なシャンデリアが吊《つ》るされた天井を仰ぐ。先ほどまで侍女の控室で、侍女頭のローザからダリア妃と面会するにあたっての諸注意を受けていた。ローザは聖庁から退魔師の派遣を受け入れた、こちら側の事情に通じる人物でもある。三十分ほどで話は終わり、今はダリア妃の私室に向かっている。

現国王にはエマ以外にも、第二妃とのあいだに三人の王女がいたが、男子はまだいない。そしてダリア妃の生む赤子が仮に男子であれば、王位継承者となる。どうか無事生まれてきてほしい、というのは王やダリア妃だけでなく、オランディア王国の皆の願いだろう。

「妃殿下。お話ししていた薬師をお連れしましたよ」

ローザがダリアに声をかける。

「入りなさい」

かぼそいが、凛《りん》とした声が入室をゆるした。妃の部屋に入ったエマは、長椅子に横たわり、けだるげにそっぽを向いているダリアを見て、目を眇めた。

――聞いてはいたが、若い。

確か十七歳のエマとそう歳《とし》が変わらなかったはずだ。

淡いヘイゼルの髪は緩やかに波を打ち、モスリン製のシュミーズドレスが細い身体《からだ》を際立たせている。シュミーズはもともと寝室で着る肌着だ。胸元あたりで引き絞り、すとんとスカートが流れる締めつけの少ないスタイルのため、ダリアも着やすいのだろう。ふっくらしたおなかの中にいるのは、エマの異母弟か異母妹だ。

国王は五十歳に差し掛かるが、妃《きさき》に若い娘が選ばれることはままある。ダリアは確か、オランディア王族の遠縁にあたる侯爵家の出身だったはず。身分としては申し分ない。

「薬師のエマ＝エヴァンズと申します。こちらは助手のクロエ」

クロエというのは、実はこの国では女性に多く使われる名である。なぜ男のすがたをしている魔物が女性名を持つのか、すこしふしぎだったが、クロエは契約者に応じて見た目や性別を変えていたようなので、そのとき使った名前の名残なのかもしれない。

「エヴァンズって、聖爵がかわいがっている馬の名前よね」

肩にかかったヘイゼルの髪をかきやりながら、ダリアは妙に鋭いことを口にした。そのとおりで、エヴァンズの姓はナターリエの愛馬からつけられたのだが、ダリアが知るはずはない。

「よくある名前ですから」

無難な答えを返し、エマはあらためてダリアを注視する。

若くして第三妃の座を射止めた侯爵令嬢となれば、野心家か、もしくは箱入り娘を想像していたけれど、そのどちらの印象ともちがう。神経質というよりは少女らしい繊細さが態度から透けて見えた。

「最近、夢見がわるいとうかがいました」

「そうね――」

ソーサーからカップを取ったダリアが無関心そうに視線を上げる。

はじめて目が合った。直後、ダリアは目をみひらいて、手に持っていたカップを取り落とす。かしゃんと白磁器が砕ける音が室内に響いた。

「ど、どうしてあなたがここにいるの？」

割れたカップに気を払うようすもなく、ダリアは口元を手で覆った。

「どうして……『リル』？」

ダリアの口から飛び出た名前に、エマは細く息をのんだ。

取り乱したダリア妃を慮《おもんぱか》り、エマは部屋からの退室を強いられた。

あとで侍女頭のローザに詰め寄り、聞き出したところによると、「リル」はダリア妃のそばに九か月ほど前から侍《はべ》っていた侍女の名前らしい。ただし、彼女のすがたを見た者はおらず、使用人名簿にもリルの名前はなかった。ダリアが精神的に不安定な状態が続いていたこともあり、周囲の者はリルという侍女の存在をダリアの妄言だと考えた。だが、ダリアが言うには、白銀の髪に深青の眸をしたエマとよく似た顔立ちの娘だったという。

（リルがここにいた？）

カンテラを掲げ、エマはひとりリトルトン宮殿の中を歩いていた。すでにひとが寝静まった時間で、照明がぽつりぽつりと灯《とも》るだけの廊下にエマ以外の人影はない。エマも一度寝台に入ったあと、どうしても寝付けずにこっそり抜け出してきたのだ。

（ここにほんとうにリルが……）

離宮内の物陰や空き部屋、庭の茂み。ダリアに憑《つ》いた魔物を探すための見回りだと自分に言い訳しながら、どこかでリルのすがたを捜してしまっている。侍女頭がああ言っている以上、リルはここにはいないと頭ではわかっているのに。

（でも、じゃああいつは？　かあさまたちを殺したあいつはどこにいるんだ？）

刺すようにうずいた左足首にエマは顔をしかめた。

べつに打ったわけでも切ったわけでもないのに、左足首の古傷はすこしまえからずっと熱っぽい痛みを発している。あいつに足首をつかまれたときの恐怖や絶望感がよみがえる。風に揺れる扉をひらいたときの噎《む》せ返るような血のにおいや、床でぐしゃっと潰れた赤黒い塊、四肢をちぎられた退魔師の男、引き裂かれたマリアの下腹部から上がった血飛沫《ちしぶき》も。

悪寒に似た吐き気がこみ上げ、エマは床にしゃがみこんだ。でも背中が震えただけで、吐くことはできない。最悪の気分だ。一度投げだしたカンテラにのろのろ手を伸ばしていると、別の手に先につかまれた。

「姫さま、こんなところにいた」

エマのそばにかがんだクロエは、「休んだと思っていたら寝台からいなくなっているんだもの」と息をつく。カンテラの灯《あか》りからなんとなく顔をそむけていると、エマより大きな手が冷えた肩を撫《な》でた。

「今日はいったん休んだほうがいいよ。こんな広い宮殿、ずっと歩き回っていたら貴女《あなた》の身体のほうが先にへばりそう」

「……うるさい」

至極まっとうに諭してくる魔物に苛立《いらだ》ち、カンテラを返せというように手を伸ばす。

「わたしが夜に何をしていたっておまえには関係ないだろう」

「そうだけどさ。今日は一緒に部屋に戻ろうよ？」

「いやだ」

「どうして？」

「……ひとりで散歩をしたい気分だからだよ」

いささか苦しい言い訳をすると、「でも、リルも『あいつ』もここにはいないよ？」と見透かしたようにクロエが言った。軽く目を瞠《みは》らせて、エマは口をつぐむ。

「いないものを捜したって無意味じゃない？」

クロエの言うとおり、宮殿とはいえ、少女がひとりずっと隠れひそんでいられるわけがないし、白亜離宮の魔物に至っては、もしいれば、先にクロエがきづいているだろう。頭ではちゃんとわかっている。わたしがやっていることには意味がない。

（でも、リルがまだここにいたらって……）

割り切れなさを感じて俯《うつむ》くと、「ほら、帰ろ？」とやさしく囁《ささや》き、クロエがエマを抱え上げた。下ろせと口にしかけたが、足が痛むのはほんとうなので、むっつりと黙り込んでクロエの首に腕を回す。

窓の外では、しとしとと霧雨《きりさめ》が降っている。いつから降りだしたのだろう。凍えるような雨音だ。

「ローザに話を聞きに行ったときに、リルの行方については訊《き》かなかったの？」

エマを片腕に抱いて右手にカンテラを掲げつつ、クロエが尋ねた。

「訊いたけど、わからなかった。もともとダリア妃しか見たことがない侍女だし……。妃がいなくなった侍女を捜していることはすこし噂《うわさ》になっていたみたいだけど」

その噂はエマもカササギづてに聞いていた。はじめて耳にしたときには、ほんとうにリルにつながる手掛かりになるとは思いもしなかったが。

「もしかしたら、オルコットがいまわの際に叫んだ『リル』もあの子だったのかもしれない」

「なるほど？」

あてがわれた部屋に戻ると、クロエはカンテラに入っていた火を燭台《しょくだい》に移した。そのまま寝台に向かうのかと思いきや、窓辺に置いてあった長椅子にエマを抱えたまま腰を下ろす。自然とエマはクロエの膝のうえに乗る形になった。

「……なに？　もう寝たいのだけど」

「ええー、そうなの？」

「そうだ」

「抱きしめてほしそうだったのに」

エマの髪に指を絡めて、クロエはくすくすとわらった。机に置かれた蠟燭《ろうそく》の炎が琥珀《こはく》の眸《ひとみ》に射《さ》して、とろけるような蜜色の輝きを帯びる。心の底までのぞきこまれそうな眸だ。

瞬きをしてから、エマはぷいと顔をそらした。

「思ってない。見当ちがいのことを言うな」

「そう？　じゃあ、僕が貴女を抱きしめたかったのかな」

「……もう下ろせ」

「どうぞ。貴女が腕から出ていけばいい」

言われてきづく。クロエがエマに何かを強制することはない。腰に添えられた腕はエマが落ちないように支えてくれているけど、エマが振り払えば無理に捕らえたりはしないだろう。わたしが出ていかないだけ。出ていかないだけなのだ。きづいてしまうと、ばつのわるさがこみ上げた。

「何がお望み？　話を聞いてほしい？　夜が明けるまで寝物語でも？　貴女の願いならなんでも叶《かな》えてあげるよ、僕のかわいいお姫さま」

夜の雨音に交じって、クロエの女性にしては低い声が耳に染みこんでくる。

幼い頃、エマが悪夢にうなされるたび、クロエはちいさな手を握って、ときには腕の中へと招き、震えがおさまるまでそばにいてくれた。そういうことを幼いエマにしてくれたひとは、リルをのぞけばクロエしかいなかった。

かつてナターリエ＝シルヴァ＝オランディアは言った。

クロエはやさしさを与えてくれる。ぬくもりを与えてくれる。けれど、決してそれに溺れてはならない、魔物を愛してはならないと。幼いエマはこたえた。わたしが魔物を愛することはないと。あたりまえだ。エマはあいつを殺してリルを取り戻すためにここにいる。誰かにやさしくしてもらうためじゃない。

それなのに、手を引かれれば胸に飛び込み、そこから抜け出ることをためらってしまう。心を明け渡さないように丁寧に鍵をかけて、それでもひとより体温の低いぬくもりに居心地のよさを覚えてしまう。なぜだろう。どうしてなんだろう？　こいつだって、こいつだって魔物なのに。

「やっぱり、もういい」

ぐいと肩を押しのけて、腕から抜け出る。

クロエは特段、気を引かれた風もなくあっさり腕をほどいた。

まっすぐ寝台に向かい、エマは足を止めた。振り返る。長椅子に腰掛けたまま、クロエはにやにやとわらっている。ひっぱたきたくなった。思ったとたん、エマはきびすを返して、クロエの胸に自ら飛び込んだ。勢いごと受け止めて、「はいはい、おかえりなさい、姫さま」と砂糖菓子のような声が降る。

茶番だ。ぜんぶ茶番。

いまのやりとりは必要あったのか？　ない。でもちゃんとわたし、一度は抗《あらが》ったって誰かに対して証明しないと、自分が今欲しいものを欲しいと言えない。なんて不自由なんだろう。なんて面倒なんだろう。もうあきらめて、最初からこの魔物にやさしくしてと乞えばいいのに。それもできない。エマは中途半端だ。

「白亜離宮の魔物が現れるまえ、あの子は魔物を呼ぶ呪文の話をしていた」

まずは鏡を用意してね――。

鈴が転がるようなリルの声は、今でも鮮明に思い出せる。物置部屋で遊んでいたとき、リルはエマを古い鏡のまえに連れていって教えてくれた。

――中をじっとのぞきこんで――そして、そこに現れたもののなまえを呼ぶのよ。

「ずっと気になっていたんだ。十一年前、もしあの子がそのとおりのことをして魔物を呼んだとしたら。わたしと同じで、リルもおまえのような魔物を呼び寄せて契約していたとしたら？　死の楽譜をオルコットに書かせたのも、ダリア妃のまえに現れたのもあの子だったとしたら？」

リルと名乗る少女がオルコットの夢に現れたと聞いたときから、言い知れぬ不安を感じていた。もしリルが自らの意志で白亜離宮の魔物と行動していたとしたら。エマは魔物を滅ぼし、リルを捕らえることができるのだろうか。あいつを殺すこともリルを取り戻すことも決めていたはずなのに、急に足元から揺らいでくる。

口を閉ざしたエマの頬にクロエが手をあてた。すりすりと撫ぜてくるので、いやがって胸に顔を押しつける。「意地っ張りだなあ」とクロエがさざめきわらった。

「姫さまは昔言ったよね。リルはとってもかわいい貴女の妹なんだって。ナターリエ以外の誰も姫さまの言うことを信じてくれないけれど、僕には信じてほしいんだって。リルの声は鈴の音みたいにきれいだったんだよね？」

「……うん」

「だいじょうぶだよ。貴女の妹がそんなこわいことするわけないじゃない？　姫さまの推測は当たらないし、きっとみんなうまくいく。だから、安心してもう眠ろう？」

糖蜜のような甘い声でクロエが囁きかけてくる。

エマは息をついた。

「嘘《うそ》。おまえはそうやって、ただわたしがきもちのいいことを言っているだけ」

軽く返されたわらい声に唇を噛《か》む。

「じゃあ、リルの話をするのはやめる。代わりに僕と貴女の話をしよう」

「わたしとおまえ？」

「僕は貴女のそばにいる。誰が去っても、何が起きても、貴女がもういいと言うまでいくらでも。こっちは適当に言ってないから安心して？　だって千年間、僕は一度も約束を破らなかったでしょ。たったひとり、貴女だけを追いかけてきたでしょう？」

あたりまえのように持ち出された千年という言葉に、ひととき声を失う。

エマとクロエが契約して十一年が経《た》つ。それだってエマの人生の大半といえる長い時間だ。けれど、クロエのほうははじまりの魔女から数えて、千年という時間を魔女の転生者たちとつきあっている。エマ同様、どの契約者もひよわだっただろうし、きっと短命の者も多かったはずだ。どんな気持ちなのだろう。同じ魂を持つ女と九度も出会うというのは。そのたびに尽くして、最後に取り逃がすというのは。エマだったら、もういやだ、と思う。

そうだ。

なのに、あのとき、頰に落ちた涙一粒で、こいつはエマを振り返ったのだ。

うっかりまじまじと男を見てしまい、エマは目をそらした。

「ふふ」

「魔物って、おまえみたいに皆ずっとひとりに執着するのか？」

まぎらわせるようにべつのことを尋ねる。

「どうかなあ。僕はまあ変わってるって言われるよね、同胞には」

「やっぱり変わってるのか」

「姫さまだって変わり者なんだから、お似合いでしょ？」

エマが顔を上げた隙に、クロエは眦《まなじり》にくちづけてきた。思わず目を瞑《つぶ》ると、今度は閉じた瞼《まぶた》のうえに心なしかそっと唇が触れた。


エマが眠ってしまうと、クロエは燭台の灯《あか》りを吹き消した。

部屋は暗くなったが、クロエは夜目が利くので問題ない。雨風が叩《たた》く窓をひらくと、スカートをひるがえしてひょいと宮殿の屋根のうえにのぼった。数百年ぶりくらいに女のすがたをしてみたが、長いスカートと長い髪が結構面倒くさい。やっぱりこういうのはひとのを愛《め》でてこそだな、と思う。

霧雨の中に立つと、クロエはぱちんと指を鳴らす。

火花のように銀の炎がいくつも生まれて、鳥のすがたをかたどった。すいと指を折れば、数十羽《わ》の鳥たちがリトルトン宮殿内を翔《か》けめぐる。ひとの目には見えない、魔力で生み出した鳥だ。宮殿内の魔の気配を鳥たちに追わせつつ、雨除《よ》けの魔術を編もうとして、途中でひらりと手をひらいた。一度部屋に戻り、荷物の中から蝙蝠傘《こうもりがさ》を引っ張ってくる。エマの魔力量は限りがあるので、今晩ばかりは簡易な魔術でも無駄に使うのは避けたい。

再び屋根のうえに腰を下ろして、ひらいた傘を肩にかけた。

「今回はずいぶん働き者ではないですか」

鴉《からす》のすがたをした同胞が夜闇《よやみ》から現れ、傘に留まった。

この同胞はクロエと同じように、ひとを契約者にしている。顔を合わせるたび、互いにきづいてはいるが、とくに追及したことはない。

魔物は魔力の吹き溜《だ》まりから生まれ、魔力を糧にして存在する。魔力を摂取する方法は、おおまかにいえば魂か肉体である。ひとをはじめとした万物は、体内に一定量の魔力を蓄えており、殺せば奪うことができる。人間が野菜や動物を食べるのと一緒だ。

魂から奪うことができる魔力量は肉体からのそれとは段違いのぶん、時間も労力もかかる。本来天に向かうはずの魂を横から割り込んで奪うため、相手との契約が必要になるのだ。たとえば、契約者の願いを叶える代わりに魂をもらう――というような。一度契約をすれば、簡単に破棄はできないし、厄介な願いでも叶えるまで拘束される。これらの制約を面倒だと思うかは、魔物により感じ方もそれぞれで、てっとりばやくたくさん殺して魔力を吸い上げるほうがよい、と考える魔物も多い。

クロエは千年前に暇つぶしに人間の娘と契約して以来、ほかの魂と契約することなく、ひとの世をふらふらとさまよっている。そんな同胞は見たことがないから、わりと変わり者である。

「かわいい姫さまの涙には弱いんだよ。さっさと片付けて帰りたい。あとここ、食べものがまずすぎる」

「いつもそういう風にやる気になってくれれば、おれの主人も困らないのに」

「いつもはいやだな」

クロエは鴉が留まった傘を左右に振った。不快そうに一声鳴いて、鴉が傘を離れ、屋根のほうへと下りたつ。

クロエは歴代の退魔師をもってしても祓《はら》うことができなかった高位の魔物である。エマが受けたひとつひとつの依頼を解決することなどわけない。たとえばリトルトン宮殿の規模なら、ちまちま魔物の痕跡をたどらなくとも、隠れひそんでいる魔物を炎で一掃してやればよい。

だが、実際できるかと言われれば、そうもいかない。

契約した魔物が魔術を使った場合、契約者からも魔力の一部が吸い上げられる。エマの魔力は当世随一と呼べるほど莫大《ばくだい》だ。けれど、その莫大な魔力をエマはクロエとの契約を維持するだけでほぼ使い切ってしまっている。このため、クロエが大掛かりな魔術を使うと、エマの生命に負担がかかる。今やっている索敵なら、エマを数日寝込ませる程度で済むけれど、リトルトン宮殿ごと破壊するとかだと、即刻エマが死ぬ。

クロエはだから、簡易な魔術以外は普段ほとんど使っていない。

「滅ぼせ」のときも一撃。連撃すれば、やっぱりエマが死ぬ。なかなか不自由だけど、クロエが一撃で仕留められない同胞なんてほとんどいないし、まちがえて外さないよう、すこしだけ余計に集中が要るくらいだ。

ちなみにいちおう同胞と言っているけれど、クロエにとって、エマ以外は人間も家畜も魔物も石ころと同じなので、あ、石ころを割ったなあくらいの感慨しかない。人間はたいへんだと思う。有象無象から必死に人間だけを取り分けて壊さないようにしているなんて、いじらしいし、面倒くさい。クロエには理解しがたい繊細さだ。

「でもまあ、今回は例外」

このままのんびり関わっていると、こちらにとって不都合な事実が出てくる可能性がある。余計なものがエマの目に入るまえに、とっとと片付けてしまいたい。

宮殿内を行き交っていた鳥たちは、やがてクロエのもとに戻ってきた。ちいさな声で鳴くと、銀の炎に転じて消えていく。手の中に残った灰をさらりと風に流して、うーん、とクロエはつぶやいた。

「どうだったんですか？」

「意外にも、宮殿内になんの痕跡もなかった。もちろん魔物もひそんでいない。もう去ったあとなのか、君みたいによほどの隠れ上手なのかな？」

「それだと、妃の魔障を取り除くのも難しくなりますね……」

「僕は妃なんてどうだっていいけどね。ただ、これだとエマが納得しないなあ」

原因となる魔物を見つけだしたら、エマの命令を待たずに一撃で滅ぼすつもりだった。一撃なら、エマを追加で七日寝込ませる程度で済むだろう。クロエが勝手な行動をしたら、エマは憤慨するだろうけど、そこは謝り倒せばいいし、胸の端がちりっと痛むのも、たぶんさっきエマが額を押しつけていたせいで、べつに後ろめたくなんかない。

「エマを寝込ませ損にさせちゃったな。失敗」

息をつき、クロエは立ち上がった。あわや頭上で、自身の生命がおびやかされているとも知らずにエマは寝入っている。無力で愛らしいご主人さまである。

「ああ、そういえば、おまえの主人にこれを渡しておいてって。エマから」

書き物机に置いてあった手紙を差し出すと、鴉は嫌そうにかちかちと嘴《くちばし》を鳴らした。しかし、監視のために来たのに、鳩便《はとびん》の代わりなんかをさせられて不満に思ったのだろう。

クロエからすれば、すこしくらいおまえも働けと言いたい。

「おれには魔力量以外、とりたてて秀でたところのない娘に見えますけど。そんなによいものですか、彼女」

「それはわざわざ教えたくないなあ」

ぱしんと傘を閉じると、クロエはスカートをひるがえし、エマの眠る寝室へと戻った。


一週間が過ぎたが、調査はいっこうに進まなかった。

そもそも到着した翌日から三日ほど、エマは高熱で寝込むことになったので、ほぼ行動ができなかったのだ。夜中にリトルトン宮殿をリルを捜して歩き回っていたせいなのか、原因は不明だ。

エマがようやく寝台から起き上がれるようになると、クロエはなぜかリトルトン宮殿中の使用人を陥落させていた。クロエが歩けば、皆頬を染めて振り返るし、クロエが食事を取るときはこぞってそばに座りたがり、中には恋文を送ってきた者までいるらしい。女のすがたでこうなのだから、男のすがただったらいったいどんな惨事が起こっていたか、はかり知れない。

「きのう、あなたが淹《い》れた薬草茶、あれ効いたわ」

定期診察を終えた医師を下がらせると、ダリアがエマを呼び止めて言った。

はじめて通されたとき、エマを「リル」と呼んだダリアだったが、数日すると見間違えたようだと首を振った。白銀の髪に深青の眸《ひとみ》といった容貌は似ているものの、よく見ると雰囲気がちがうと言う。エマがそばに侍《はべ》っても、最初に通されたときほど取り乱すことはなくなった。そこで、エマはダリアの私室を中心に魔のものの気配がないかをそれとなく探っているのだが、今のところそれらしい痕跡は見つからない。

「よかったです。またお淹れしましょうか」

「ええ、お願い」

ダリアが首肯したので、エマは茶器と湯、調合した茶葉を用意した。

茶葉については、もとはクロエが調合したものだが、ダリアに出す前に毒見を済ませている。ジンジャー、オレンジピールなどが調合された、身体《からだ》を温め、緊張を和らげる薬草茶らしい。ちなみにエマもよく弱っているときにこの薬草茶を飲む。

クロエほどうまくはないが、茶葉を蒸らしたティーポットから茶を入れる。オレンジピールの爽やかな香りが広がった。淡い黄金色をした茶をダリアに差し出す。彼女はおなかをかばうようにすこし身を起こした。

下がれ、と言われなかったので、どうするべきか悩む。エマは話術が巧みではない。同時にふしぎな感慨も湧いた。もしもエマが魔物憑《つ》きになり、王室から除名されることがなければ、今頃この義母の懐妊を王女として祝っていただろう。ダリアとは年が変わらない。もしかしたらフローレンスのような友人になれたかもしれない。

「なに突っ立っているのよ」

「……失礼しました」

頭を下げてエマが部屋を出ようとすると、「あなたも自分のぶんのお茶を用意しなさいって言ったの」とダリアは唇を尖《とが》らせた。そっちの意味か、と遅れて理解し、自分のぶんの茶を注ぐ。ダリアが促したので、円卓の対面に腰掛けた。テーブルの中央にはガラス製の菓子器《ボンボニエール》が置いてある。

「食べたら？」

「えっ」

「『えっ』って何よ」

「……いいんですか？」

ダリアが顎を引いたので、小鳥の装飾がついた蓋を取り、ひとつ摘まんだ。菫《すみれ》の花の砂糖漬けだ。ちいさな砂糖菓子は口の中に入れるとふわっと溶ける。なぜかダリアのまとっている空気がやわらいだ。

「あなたって感情が薄いのかと思ったけど、結構素直ね。《オランディアの聖女》？」

髪をかきあげながら、退屈そうに言い当ててくる。

エマは表情を変えた。

「知っていらしたのですか」

「きのうローザを吐かせたの。突然薬師《くすし》を呼んだと言ったときには何事かと思ったけど、どうせ一年以上経《た》っても出産の兆しも見せないわたくしに対して、魔の障りだのなんだの、疑いがかけられたのでしょう？　隠さず魔祓《まばら》いの調査をすればよいわよ」

妃殿下、と困った風に侍女頭のローザが口を挟むが、「だって時間の無駄でしょう？」と一蹴する。投げやりに見えて、この妃《きさき》は周囲をよく観察している。それに頭の回転も速そうだ。

「《オランディアの聖女》なら、わたくしも聞いたことがあるわ。とくべつな加護を受け、ちかづくと魔物のほうが滅びるという。それってほんとう？」

「すべてが嘘《うそ》とは言いませんが」

「《オランディアの聖女》が来てくれたなら、わたくしも安心ね？」

まるでこちらを試すようにわらう。まだダリアに憑く魔物の痕跡を見つけられていないエマには耳が痛い。

「妃殿下。わたしもおうかがいしたいことが」

エマの素性がばれたのは想定外だが、逆にやりやすくなったともいえる。こそこそ動くのはやめて、エマは口をひらいた。

「はじめてお会いしたとき、わたしをリルと呼びましたね。彼女とはどこで会ったのですか？」

「……どうせ、あなたもわたくしの妄言だって言うわ」

「そんなことはありません。わたしもリルを知っているから」

「どういう意味？」

眉をひそめたダリアに、すこしためらったのち、エマは告げる。

「リルはわたしの双子の妹のはずなのです。十年以上前に離ればなれになってしまいましたが」

「リルとあなたが？」

詳細は伏せたまま明かしたエマを、ダリアは驚いた風に見つめた。

「とても信じられないことかもしれませんが」

「……いいえ」

ダリアはきっぱりと首を振った。

「確かにあなたたちは似ている。はじめ、あなたをリルと見間違えるほど」

「でも、ちがうのですよね」

「そうね。容姿は似ている。けれど、表情や雰囲気がちがうわ。一度ちがうときづけば、もう見間違えられないくらい。あなたが人慣れない野鳥なら、あちらは人慣れしたカナリアというかんじ？」

ずいぶんな印象の差だ。なんとなく黙り込んでしまうと、「あら、気分を害した？」とからかうようにダリアが口の端を上げる。

「あの子は、ある日突然、わたくしのもとにやってきたの。ほかの侍女たちと同じ服を着ていたから、てっきり新しい子なのかと思っていたわ。物知りで、お茶を淹れるのがうまくてね。話を聞くのも上手だった。わたくし、いろんな話をあの子にしたわ。十五歳で王宮に上がるまでは妃教育ばかりで、国王の妃の座を射止めても、周りは妃殿下、妃殿下とかしずくだけ。リルみたいになんでも話せる子が、わたくしのそばにはいなかったから」

あの子は昔からそうだった。素直で天真爛漫《らんまん》で、そのくせこちらの機微によくきづく。あの子と一緒にいると、いつも暗かった気持ちが明るくなった。

「リルが妃殿下の身体に直接触れたことはありましたか？」

「直接？　なかったと思うけれど」

「何か妙なそぶりをしたことは？　些細《ささい》なことでもかまいません」

「何もないわ。ほんとうにあの子はただのよい子だったのよ」

困惑したようにダリアは眉尻を下げた。

「そんな人間は雇っていないと皆が言ったわ。わたくしの妄言か、でなければリルは幽霊か何かじゃないかって。でもわたくしにはそうは思えないの……」

息をつくと、ダリアは薬草茶に口をつけた。

エマはダリアのふくらんだ腹に目をやる。もしダリアのまえに現れたのがリルだったとして、ほかの者の目にまるで触れずにちかづくことはできるのだろうか。

魔物を使えば、方法はある気がする。ダリアになんらかの術をかけることも、オルコットの夢に働きかけることも。けれど、仮にそうだったとしてリルの目的はいったいなんなのだろう。

「でも、そういえば……」

「何か？」

「たいしたことじゃないのよ」

前置きをしたあと、ダリアは今は火が入れられていない暖炉のうえを指した。

「あの子、鏡をよく見ていたわね」

「鏡?」

ダリアの視線の先をたどり、エマもきづく。

暖炉のうえに掛けられているのは、楕円《だえん》形の鏡だ。銅製のふちには花鳥の装飾がほどこされ、表面は曇りなく磨き抜かれている。大きさはエマの上半身くらいだろうか。貴婦人の部屋なら、どこにでも一枚はありそうな鏡だった。だというのに、何かが引っかかる。

記憶の底がわずかに波打った。前にもこんなことがあった気がする。

こんな鏡をひとりでのぞきこんだことが――わたしにもある気が。

――ね、エマ? 魔物を呼ぶひみつの呪文を唱えてみない?

「エマ?」

ダリアに呼ばれて、エマははっと目を上げた。

「触れても?」と断りを入れ、壁掛けの鏡にちかづく。

「ああ、でも今そこにある鏡は別のものなの。もともと掛けてあったほうの鏡は、近くの教会にほかの調度品と一緒に寄進したはずよ。ひと月くらい前かしら?」

「そう、でしたか」

試しに触れると、ひんやりした鏡面の固い感触が手のひらに返った。確かに魔の気配はない。けれど、手を離すとき、指先に刺すような痛みが走った気がして、エマはぎゅっと手を握り込んだ。

三

――エマ。
リルの声は鈴の音に似ている。
教会で司祭さまが祈禱《きとう》のときに使う、ちいさな二連の鈴だ。
――エマ。エマ。
だいすきな声。いつもそばにいた声。
ずっとずっと聴いていたい。
――エーマ。エマってば！
きづけば、エマは白亜離宮にある物置部屋の大きな鏡のまえにいた。
うつくしい花鳥の装飾が彩る楕円の鏡だ。

――ほら、エマ。よく見て。

リルにうながされて、エマは鏡をのぞきこむ。

――中に何が映っている……？

磨き抜かれた鏡面に白銀の髪に深青の眸《ひとみ》の少女が映りこむ――

「姫さま？」

香炉に練り香を詰め直しているうちに、考えに沈んでいたらしい。手の中では新しく詰めるはずだった練り香が乾きはじめていた。

「なんだ？」

気を取り直して作業をしたあと、香炉の蓋を閉じる。

机にティーカップを置くクロエに何気なく目を向け、エマは瞬きをひとつした。

「おい、なんで男に戻ってるんだ」

「あー、これね。もう飽きた。夜のあいだはどんなすがただって誰も見てないでしょ」

クロエは馴染《なじ》みのあるシャツに黒のスラックス、革靴を履いている。服装だけでなく、肩幅や骨格といったものがすべて男に戻っていた。エマの対面に足を組んで座ると、自分のぶんのお茶に口をつける。

はじめはリトルトン宮殿の厨房《ちゅうぼう》でワインやビスケットをもらっていたクロエだったが、あまりのまずさに辟易《へきえき》したらしい。いつの間にか茶器一式を用意して、自ら薬草茶を淹《い》れるようになった。クロエが淹れるお茶はおいしい。エマとしてもこのお茶が飲めるのはわるくはないのだが。

「姫さま、なに考えてるの？」

エマたちが借りた寝室には、書き物机に置いた燭台《しょくだい》以外に灯《あか》りはない。王都だけでなく主要都市にはガス灯が設置されて久しいが、数百年前に建てられたというこの宮殿は、照明器具はすべて旧来のものでまかなっていた。窓の外の星明かりに輪郭を浮かび上がらせたクロエをエマは見つめる。

「なにって？」

「近頃、ずっと姫さまは考えごとをしてるみたい」

こういうときクロエの琥珀《こはく》の眸は、こちらの心の奥まで見透かすようだ。

「それは……」

口をひらきかけたとき、窓をこつんと叩《たた》かれた。外に留まっているのは脚に筒をつけた伝書鳩《でんしょばと》で、エマが窓をあけると、すばやく中に入ってくる。

「どこの鳩？　クソ聖爵？」

「カササギだよ。調べてもらっていることがあったんだ」

「ああ、姫さまの間男ね。……文を寄越すタイミングすら無粋なやつだな」

クロエの軽口を受け流しつつ、鳩の脚に取りつけられた筒を外す。中から現れたのは、ちいさな紙片だった。そこに綴《つづ》られていた短文に目を通し、エマは眉間に皺《しわ》を寄せる。もう一度ゆっくり読んで、紙片を折りたたんだ。

「何を調べてもらっていたの？」

「え？」

「すごくこわい顔をしてるから。今にも誰か殺しそう」

「ああ」

適当な相槌《あいづち》を打ち、カササギの端正な字で書かれていた言葉を反芻《はんすう》する。

――マリア＝オルガ＝オランディア。

エマがカササギに調べてもらっていたのは、ひと月前までダリア妃の部屋に飾られていた鏡の来歴だった。侍女頭のローザに訊《き》いても、ここに移ったときにはすでに飾ってあったというだけで、どこにあった誰のものなのかがわからなかったためだ。

カササギはすぐに調べてくれた。

マリア＝オルガ＝オランディアは、魔物の襲撃で死んだエマの母親である。

そして、さらにもうひとつ。死の楽譜騒動を起こし、いまわの際に「リル」と叫んで死んだオルコット伯爵はダリアの叔父にあたり、領地のユトリトから王都に出てくるにあたって、ダリアの見舞いに訪ねていた。もしそのとき暖炉のうえにまだ、くだんの鏡が掛けられていたとしたら、オルコットもまた鏡を見たのではないだろうか。点在していた事象が収束しだす。

十一年前のあの日――。

離宮に魔物の襲撃があったあの日よりもまえに、エマも鏡をのぞきこみはしなかったか？　物置部屋で見つけた古い鏡に、誰かに呼ばれた気がして触れはしなかったか？　そして呼んではいけない魔物を呼び出してはしまわなかったか。その魔物こそがマリアや離宮で働く者を襲ったのではないか。つまりリルではなくエマが――……。考えると、背筋に悪寒が這《は》い上がる。いやだ。確かめるのがこわい。でも確かめないわけにはいかない。

「あの日……」

「うん？」

「十一年前のあの日。おまえはわたしに襲いかかった魔物を滅ぼした」

低い声で確認したエマに、「そうだよ」とクロエはなんということはないようすでうなずいた。

「ただ、それは魔物の上半分だけで、下半分はどこかに逃げてしまった。だよね？」

「あの日のことをわたしはあまり細かく覚えていないんだ。あいつ――白亜離宮の魔物は、鏡の中に逃げ込まなかったか？」

「鏡？」

クロエはいぶかしげに訊き返した。

「どうだったかな？　でも鏡。鏡かあ……。ねえ、姫さま」

エマの言葉を咀嚼《そしゃく》するようにひとりうなずき、クロエは組んでいた足を解《ほど》いた。書き物机に手をついて、軽く身を乗り出す。

「貴女《あなた》はダリア妃に障りを起こしている元凶がなんなのか、もう見当がついてるんじゃないの？」

「まだわたしの推測だけど」

「さすが姫さま。僕の使い魔よりよほど優秀だな。それで？　どこにいるの、そいつ？」

「ダリア妃の部屋にあった鏡だ。今はこの近くにある聖ヘレナ教会の聖堂に置かれているらしい。ダリア妃つきの侍女が寄進した品の中に入れてたって聞いた」

現在の鏡の所在は侍女頭のローザに確認して詳しいことがわかった。リトルトン宮殿のそばに立つ聖ヘレナ教会は、行きがけにエマも一度立ち寄ったからよく覚えている。

説明しつつ、エマは拭い去れない違和感をクロエに覚える。

この魔物はいつもこれほど依頼に対して関心を持っていたか？　いつだって常に傍観者気取りで、エマが命令してはじめて動くことばかりだったのに、なぜ今回に限ってこんな風に根掘り葉掘り訊いてくる？

――まるで元凶の魔物を滅ぼしたがっているみたいだ。

思い至って、エマは顔を上げる。

クロエの指先から銀の粒子が舞っていた。魔術を発動させている。とっさに銀針を引き抜こうとして、髪飾りをつけていたシニヨンをほどいていたことにきづいた。何をしている。油断しすぎだ。エマに従っているふりをしていたって、こいつは魔物だ。魔物だぞ!?

大きな音を立てて椅子が倒れる。身を引いたエマの手首をつかみ、クロエはいつものように微笑《ほほえ》んだ。ふわりと銀の花が生まれた指先で、軽くエマの額を弾《はじ》く。

「かわいい、かわいい姫さま。夢の中でお茶でもしてて？」

「おまえ、ふざけるなよ……」

つかまれていないほうの手でクロエのシャツの襟を引き寄せる。

だが、途中で指先から力が抜けた。抗《あらが》いがたい睡魔が押し寄せ、エマは唇を噛《か》む。口内に血の味が広がった。シャツの上を滑る手で爪を立てようとしたのを最後に、エマの意識は暗転した。

倒れかかった少女の身体《からだ》を受け止めると、「すごくこわい顔してた……」とクロエはぶるっと震える。視線だけで相手を射殺しそうな勢いだった。これは起きたあと、お小言では済まなそうである。

息をつくと、クロエはエマの身体を寝台のうえに横たえる。使ったのは簡易な眠りの魔術である。虚弱なエマを慮《おもんぱか》って、ごく軽いものをかけたので死にはしないはず。いちおう口に手をあて、息をしていることを確認すると、うんうんとうなずいた。

「さて、近くの教会だったな」

手足を伸ばすと、クロエは窓をひらいた。

窓の桟に足をかけ、ひらりと地上に飛び下りる。クロエとエマにあてがわれていたのは三階の侍女部屋なので、それなりの高さがあったが、難なく着地する。

夜も深い時間だ。宮殿周りは見張りの兵以外にひとはいない。暗い夜道を星明かりを頼りに抜け、敷地《しきち》に張り巡らされた高い塀をひょいと飛び越える。

聖ヘレナ教会は、リトルトン宮殿からそう離れていない湖畔に立っていた。王都から宮殿に向かう途中にエマが一度立ち寄っていたから、クロエにもすぐにわかった。というのも、リトルトン宮殿で働く侍女がダリア妃の長すぎる妊娠について教会の司教に相談したことが、今回ナターリエが動くきっかけでもあったからだ。日を置かず侍女が失踪したことを不審に思った司教が、オランディア聖庁にひそかに訴えたらしい。

まさか元凶の鏡がすでに教会に移っているとは誰も思うまい。

クロエは夜闇《よやみ》にたたずむ石造りの教会を見上げた。鉄の門扉《もんぴ》が申し訳程度に設けられていたが、門番はいない。試しに手で押すと、門はあいていた。

エマが鏡が置いてあると言っていたドーム型の聖堂のほうへ迷わず向かう。扉にはさすがに鍵がかかっていたが、壊すことはたやすい。ドアをひらいたクロエは、正面の薔薇《ばら》窓から射《さ》し込むひかりに目を細めた。同胞によっては教会を苦手とする者もいるが、クロエはたいして気にしない。むしろ装飾がうつくしいことが多くて、すきなほうだ。

指を鳴らして手元に灯りを生み出す。

中をぐるりと見回し、クロエは祭壇のそばに掛けられた鏡に目を留めた。

――白亜離宮の魔物は、鏡の中に逃げ込まなかったか？

十一年前、エマに呼び出されたとき、クロエが取り逃がした同胞。

あのときはクロエにしてみれば、見知らぬ場所に強制的に呼び寄せられたようなもので、鏡の所在まではいちいち覚えていない。半身を失った魔物が薔薇の茂みに飛び込んだので、追撃はしたけれど、それ以上クロエは逃げる同胞に執着していなかったのだ。もしかしたら同胞はあの場所から去ったあと、エマの言うとおり鏡の中に逃げ込んだのかもしれない。

クロエの推測だと実はちがうのだが、どちらにせよこの魔物と鏡は切っても切り離せない関係のようだ。

試しに鏡面に触れると、跳ね返るように微《かす》かな気配を感じた。

よかった、とクロエは微笑んだ。

――いる。

鏡に映ったクロエの右手に銀の粒子が集まりはじめる。ぱちぱちと火花を立てるそれは、やがて大きな銀の炎になって噴き上がった。

クロエは大掛かりな魔術を何度も編むことができない。そうすれば、契約者であるエマの生命がもたないためだ。

だから一撃。一撃で中にひそんでいるものごと鏡を焼き滅ぼす。今度はもう逃がさない。

灼熱《しゃくねつ》の炎が鏡のふちをのみこむ。花鳥の飾りが熱せられた飴《あめ》みたいにどろりと溶ける。

だが次の瞬間、背後から投擲《とうてき》された銀針が鏡の中心に突き刺さった。

「……起きるのがはやくない？」

クロエの右手から噴き上がっていた炎が灰になって霧散する。

呆《あき》れた顔をして振り返ったクロエを睨《にら》みつけ、「ふざけるなよ」とエマは荒い息をついた。ここまで走ってきたせいで、肺が破れそうなくらい痛い。整わない息を吐き出し、エマは銀針をぐっと握りしめる。

「いちおう朝まで眠れる術にしたつもりだったんだけど。解けちゃった？」

「自分で解いたんだ。おまえはわたしを舐《な》めすぎだ」

これでも退魔師の端くれである。魔術の解除は退魔師の基本だ。とはいえ、クロエがはじめから手加減をしていなければ、おそらくエマひとりでは解けなかった。

「えぇー……」

クロエは困ったような顔をした。

「銀針、自分にぶっ刺したの？　痛くない？」

「痛い。ぜんぶおまえのせいだ。絶対ゆるさない」

「ゆるさないんだ……」

「そうまでしておまえは何をやっているんだ？　それはダリア妃の鏡だろう」

中心に銀針が刺さったまま、鏡は沈黙を守っている。鏡の中に魔物がひそんでいるとすれば、異変が起きるはずだが、静かだ。もとよりただの鏡に過ぎなかったのか、あるいはすでにもぬけのからなのか。

眉根を寄せたエマを磨き抜かれた鏡面が映しだす。

その横に、自分と同じ白銀の髪に深青の眸《ひとみ》をした少女を見つけて、エマは息をのんだ。

きょとんと瞬きをした少女が鏡越しにエマにきづいて、眸を弓なりに細める。淡く色づいた唇が、エマ、と呼びかける。

「リル……？」

振り返ったエマのまえには、聖堂に入ったときにはいなかったはずの少女が立っていた。

歳《とし》はエマと同じくらいだろうか。白のドレスに白のケープをかけ、長い髪が銀糸のようにふわりと背にかかっている。その容貌は同一といっていいほどエマに似ていた。

「リルなのか……？」

尋ねたエマに、リルは花ひらくように微笑んだ。

「リルっ！」

どうしてここに。いつから！

そんな疑問をすっとばして、身体が勝手に動いた。すでに息が上がっていたせいで足がもつれそうになりながら、少女の白い影に手を伸ばす。

そのとき、エマの足元がぞろりと脈動した。銀の粒子をまとった茨が床を突き破り、エマに鞭《むち》がしなるように迫る。それを男の腕がエマを引き寄せてかわした。茨に引っかかったローブの裾が鋭い音を立てて引き裂かれる。

「おまえ、何する――」

「姫さま、ちゃんと見えてる？」

「見えてるって……」

前方でひとつの生きもののようにのたうつ茨をエマは見つめた。ほんものの茨ではない。クロエの炎と同じ、魔術によって編み上げられたものだ。あのまま突っ込んでいたら、四肢がちぎれ飛んでいたかもしれない。

「なんだあれは……」

「わからない？」

背中越しにクロエが冷笑する気配を感じた。

「わからないんだろうねえ。……ほんとう、なんで目を覚ましちゃったのかな。あのまま眠っていれば、あすの朝にはまた『リル』を捜す毎日に戻してあげたのに。貴女ってやっぱり結構おばかさんだな」

「おまえは何を言っているんだ……？」

「まあでも、姫さまが自分で拒んだんだから、しかたないよね？」

クロエはエマに回していた腕をほどいた。

離れた場所に生じた茨がさぁっと霧が晴れるように消える。

ひらけた視界にはひとり、リルがたたずんでいる。

「あれは僕の『同胞』。魔物だよ」

目をみひらいたエマの髪に手を差し入れると、クロエは銀針を抜き取った。暗闇にちいさな鉱石の粒みたいに銀のひかりが集まりだし、銀針が炎をまとう。エマの命令を待たず、クロエはリルを滅ぼすつもりだ。でも、待って。だめ。

「やめろ！」

投擲された針のまえにとっさに腕を差し出す。

何も考えていなかった。魔物を一撃で滅ぼすほどの魔力が込められた銀針をひとの身で受けたらどうなるのか。じりりと膚《はだ》に突き刺さるような熱を感じて身をすくめる。

だが、エマの腕に刺さる直前に、クロエが自ら銀針をつかみとった。手のひらから焦げたにおいが上がる。舌打ちしたクロエは、何かにきづいたようすで視線を横に投げた。暗闇から現れた少女の手が、クロエの右腕を切り落とす。ひとの血液よりも昏《くら》く透明な血が噴き上がり、少女の白いケープに飛沫《ひまつ》が跳ねた。

「仕返しよ。こいつは前にわたしの半身を消し炭にしたんだもの。レディに対して最低の仕打ち」

「なんでだ。リル……」

つぶやいたエマに、リルはふわっと相好を崩す。

「エマ。わたしのエマ。わたしの『神さま』……やっと会えた！」

糖蜜と薄荷を混ぜた香りを漂わせ、リルはエマを抱きしめた。陶器のようにつめたい。

この子の手はこんなにつめたかったか？　頰にクロエの返り血を浴びたリルは、可憐《かれん》なのにまがまがしく、わるい夢でも見ている気分になる。子犬のようにエマに頰を擦り寄せたリルを抱きしめることも突き放すこともできず、エマは立ち尽くした。

「リル、神さまってなに……？」

「だって、わたしを生み出したのは貴女《あなた》でしょう？」

エマの耳元でリルはふふっとわらった。

「その鏡でわたしに呼びかけた。さみしい気持ちをいっぱいに抱えて、わたしを呼んだ。あなたの湖のような魔力の吹き溜《だ》まりからわたしは生まれ、リルの名が与えられたのよ」

「ちがう！　リルはわたしの妹だ！　子どもの頃からずっと一緒で——」

「そうね、エ、エマがそう、ね、願ったから、わたしはエマの妹になったの」

この子は何を言っている？　何を言っているんだ？

蒼白《そうはく》になり、エマはこぶしを握りこむ。

(わたしがそう願ったから)

リルはエマの双子の妹になったのだという。

(だとしたら)

(だとしたら、ほんとうのリルは……)

――リルは死産だった。

エマの父親である国王はそう言って、幼いエマの訴えを聞こうとはしなかった。

信じられないのだろうと思った。この国では双子は凶兆で、殺されるはずだったリルを母親は生かし、離宮でひそかに育てた。そんなことを国王が認められるはずがないと。でも、もしエマの信じていた「真実」こそが偽りだったとしたら?

血の気が引いていき、エマは口に手をあてる。

もしそうだったら? わたしが信じていたほうが間違っていたとしたら?

(リルははじめから、どこにもいない)

「エマ。あなたはひどい子」

頬に触れようとした白い手に、エマは思わずあとずさりをした。

拒まれた手を驚いた風に見つめ、リルはかなしそうに眉尻を下げる。

「あの日、王妃と退魔師はあなたの遊び相手にきづいた。『わたし』にきづいた。あなたは鏡を割られそうになって、わたしを呼んだのよね？　わたしを失いたくなくて、わたしにたすけを求めたのよね？」

「ちがう……」

「わたしはあなたの願いを叶《かな》えたのよ。彼らにわたしを傷つけさせなかった。あなたにわたしを失わせなかった。わたしを傷つけるものはぜんぶ血の海に変えて、あなたの願いを叶えたのよ、エマ。なのに、あなたときたら、わたしのほんとうのすがたにおびえてわたしから逃げだした！　わたしがあなたのリルなのにっ！」

――やめて！　鏡を壊さないで！

記憶がよみがえる。ところどころ血塗られて見えなかったものが再び見えてくる。

十一年前のあの日、扉をあけて最初に目に飛び込んできたもの。

ぐしゃっとした赤黒い塊。あれはリル。リルの一部だった。

そして、部屋の中にいたのは、鏡を銀の杭《くい》で壊そうとする退魔師と母のマリアだった。

ひび割れた鏡から苦悶《くもん》の声が上がる。なおも銀の杭を打ち込もうとする退魔師にすがりついて、「やめて！」とエマは叫んだ。状況を正しく理解できていたわけではない。けれど、この鏡を壊されれば自分の大事なひとが消えてしまうと、エマはどこかでちゃんと理解していた。だから、彼女に願った。

──おねがい、おねがいリル！　鏡を壊させないで！

「あなたはひどい子。わたしはあなたの願いどおり、ぜんぶ殺したのに！　わたしを拒んで別の魔物を呼んだ！　わたしを裏切った！」

リルの手のひらから次々銀の花があふれだす。地面に落ちた花は急速に朽ち、黒い吹き溜まりから茨が生じる。地面をのたうちながら茨がエマに迫ってくる。

「ひどくてかわいいあなたにどんな罰を与えよう？　王妃と同じように腹を引き裂いてやる？　それとも、退魔師のように四肢をばらばらに切り裂いてやりましょうか──」

「おまえこそ、それは獲物の横取りっていうんだよ」

エマの目の前でリルの首がやにわに飛んだ。クロエだ。

銀の粒子が火の粉のように舞っている。

胴体だけになったリルは黒の霧に転じて、鏡の中へと逃げ込む。剣をかたどった炎でクロエが鏡を貫く。しかし直前に鏡自体も霧になって消えていた。空振った炎を解いて銀の粒子に戻すと、「相変わらずすばしっこいやつだな」とクロエは舌打ちした。

クロエの右腕は、いまだに肩下からちぎれたままだ。流血はもう止まっているようだったが、シャツについた血痕が生々しい。

「平気？　姫さま」

へたりこんだエマと目線を合わせるようにクロエが片膝をつく。

奇《く》しくも、それははじめてクロエと出会ったときの光景に似ていた。

差し伸べられた手には目を向けただけで、エマは俯《うつむ》いた。

「……おまえは知っていたな？」

震える唇からぽろりと問いがこぼれ落ちる。

「何を？」

「知っていたはずだ。リルがほんとうのわたしの妹じゃないって！」

十一年前、呼び出されたクロエは、エマに襲いかかっていた魔物の半分を焼き払った。状況をきちんと理解できていなかった幼いエマとちがい、魔物であるクロエにはリルの正体がわかったはずだ。それなのに、エマにそのことを教えなかった。エマを出し抜く形でリルを消してしまおうとさえしていた。

クロエは瞬きをひとつしたあと、ちいさくわらった。

「うん。知ってたよ」

「なら、どうして」

「どうして言わなかったのか？　それは自分の胸に聞いてごらんよ、姫さま。貴女が聞きたくないことを僕はわざわざ言ったりなんかしないよ？　最初に言ったでしょう。貴女が願うことを叶えるのが僕だと」

「そんなの……」

そんなのはひどい。裏切りじゃないか。

思ってしまったあと、痛いくらいの苦さが胸にこみ上げる。こいつは魔物だ。ひとのようにエマを慮《おもんぱか》るわけがない。わかっている。わかっているのに、裏切られたと感じてしまう。

まだ幼い頃、エマがうなされて目覚めるたび、この魔物はエマを腕の中へと招いて抱きしめてくれた。薄荷と糖蜜を混ぜたような、ひんやりした香り。あの香りに包まれると、エマはふしぎと落ち着いた。クロエはぜんぶわかっていてエマを腕に招いていたのだろうか。あのときも、あのときも、ついすこしまえすらも！

かつてナターリエ＝シルヴァ＝オランディアは言った。

魔物の愛は毒に満ち、溺れるような罠《わな》があると。

幼いエマはこたえた。わたしは魔物を愛さない、愛さない、愛さないと。

エマは嘘《うそ》吐《つ》きだ。幼い頃から平然と嘘を吐く。

クロエを信じたことなんかない。この魔物だけはほかとはちがうとか、エマを大事にしてくれているなんて思ったことは一度もない。でも。――でも、おいでと招かれれば、手を伸ばしてしまう。大きなぬくもりに、さみしさを溶かされてしまう。その誘惑にあらがえない。いつかどこかで取り返しがつかなくなる予感はしていたのに。

「まあ、ほんとうはこんなことになるまえに『あれ』は葬るつもりだったんだけど」

リルの鏡があった場所に目を向け、クロエは肩をすくめた。

意図をはかりかねて、エマは眉をひそめる。

「だって、姫さまはずーっと『リル』を捜していたかったんでしょ？　ほんとうは『あれ』の正体なんて知りたくないし、きづきたくもない。知ってしまったら、姫さまのだいすきな『リル』もいなくなってしまうから。だから、姫さまの『リル』が消えてしまわないように、『あれ』は速やかに僕が片付けるつもりだったんだよ」

「……おまえはおかしい」

何から言い返したらよいかわからず、エマは呻《うめ》く。この魔物と自分の考え方のひらきにぐらぐらした。

「おかしい？　それはなに？　まさかひととして？」

琥珀《こはく》の眸《ひとみ》を眇《すが》め、クロエは鼻でわらった。

「そうだというなら、たいへん不愉快」

声に混じった不穏な気配に鳥肌が立つ。断りも入れず顎をつかんできた手をエマは睥睨《へいげい》した。

「離せ」

「いやだな」

エマの拒絶をクロエは軽やかに一蹴する。

指の背で眦《まなじり》をすくうようにされて、はじめて涙があふれていたことにきづく。奥歯を噛《か》んで、無理やり俯いた。やめろ。さわるな。見るな。わたしの内側に入ってくるな。なのに、魔物の手はいたぶるように涙を拭《ぬぐ》うのだ。

「かわいい、かわいい、僕の姫さま」

甘い声がエマの耳朶《じだ》をくすぐった。

「深く傷ついているね？　何も考えたくないかい？」

クロエの背では薔薇《ばら》窓が燦然《さんぜん》と輝いている。

抗《あらが》いがたい何かにのみこまれそうな気がして、エマは首を横に振った。

「……やめろ」

「眠りの魔術を使おうか？　夢も見ずに眠れるよ」

「じゃあ、いっそリルのことはぜんぶ忘れてしまう？　できなくもないけど」

「なんでもするから、そんなに泣かないでよ」

すこし途方に暮れた声に、刺されたみたいに目をみひらく。

「なんで……」とエマはつぶやいた。

「なんでそんなこと言うんだよ……」

魔物ならもっと嫌らしいことを言え。誘惑しろ。

こんな、ほんとうに、ほんとうに困ってしまったみたいな声を出すな。

眉根を寄せて、エマは呻く。なんなんだ、おまえたちは。なんなんだよ。

「触るな！」

腫らした目で、エマはきつくクロエを睨《にら》みつけた。

「きらい！　魔物はきらい！　だいっきらい！　もてあそんで！　奪って！　それで高みからこっちを見てわらっている！　おまえはわからないだろう⁉　わたしが今どんな気持ちなのか！　どんなにみじめな気持ちでおまえを見ているのか！　わからないくせに労《いた》わるようなそぶりをするな！」

咽喉を痛める勢いで叫ぶと、ひしゃげた嗚咽《おえつ》がこぼれ落ちる。

もう無理だ、と思って、とうとう背を折った。

——ずっと願っていたことがある。

家がほしい。わたしの家。おおきな家。庭がついた日当たりのよい家。

あいつを殺してリルを取り戻したあと、いつか帰りたい。わたしの家。

でも、そこに一緒に帰るひとはいない。いなくなってしまった。

ちがう。はじめから、どこにもいなかったのだ。

（……わたしのせいで、かあさまも皆も死んだ）

地にうずくまり、エマは咽喉を震わせて泣きだした。

四

その晩からエマは熱を出した。リルの件でクロエが何度も魔術を編んだため、エマの身体《からだ》のほうが負荷に耐えかねたらしい。

夢の中では、六歳まで暮らした離宮での日々が糸を巻き戻していくようによみがえった。

母に連れられ、離宮にやってきた日のこと。離宮は王都から離れた丘陵にあり、空気は澄んでいて静養に適していたが、まだ三歳のエマにはさみしい場所に思えた。母のマリアは病がちで、使用人たちもなかなか幼いエマにかまってはくれない。

その日もエマがひとり物置部屋で遊んでいると、どこからかちいさな鈴の音のようなわらい声がした。

——だれ……？

部屋の中には、かつてこの離宮のあるじだった妃《きさき》の肖像画や古い壺《つぼ》、使われなくなったシャンデリアが無造作に置いてある。部屋の最奥に立てかけられていたのが、エマの身長ほどはある古い鏡だった。

またわらい声が聞こえた。たぶん鏡のほうから。

おそるおそる表面に掛けられていた羅紗《ラシャ》の布をめくると、花鳥の装飾がほどこされた楕《だ》円《えん》のうつくしい鏡が現れる。鏡面に映った自分そっくりの少女をきょとんと見つめ、エマは顔をほころばせた。

——はじめまして、わたしはエマ。あなたはだあれ？

子どもの戯れだ。ふつうなら、何も起きなかっただろう。だが、エマは当世随一の魔力の持ち主だった。小首を傾《かし》げた少女を相手に「じゃあ、あなたはリル」と名付ける。

——わたしの妹。妹はリルというなまえだったはずなの。かあさまが言ってた……。

エマが鏡面に手を触れさせると、向こう側にいるエマと同じ顔の少女が「リル……」とうっとりした声でつぶやく。触れた鏡越しに現れた手がきゅっとエマの手を握りしめた。指が絡まる。微《かす》かなぬくもりに、さみしさがいっぱいに詰まっていた心がじんわりと溶かされていく。

「あなたはエマ？」

「うん、そうだよ。わたしはエマ」

つなぎあった手を引くと、鏡の向こうからエマとうりふたつの女の子が現れる。

魔物は魔力の吹き溜《だ》まりから生まれる。エマのありあまる魔力を苗床にその日彼女は生まれた。

目をひらくと、まっしろなひかりが飛び込んできた。

「エマ！」

かたわらに座っていたフローレンスが跳ねるように立ち上がる。寝台のうえで、ぼんやり瞬きを繰り返すエマの手を握り、「わたくしのことがわかる？」と不安そうに尋ねた。

フローレンスはいつものシスター服ではなく、村娘のようなモスグリーンのドレスを着ていた。あまり眠れていないのか、目元がいつもより腫れぼったい。

「……フロウ？」

ずっと咽喉を使っていなかったかのように声がすこしかすれる。

「はい、あなたの大切な友人です」

フローレンスは目をうるませてうなずいた。

エマが寝かせられているのは、見慣れない部屋の簡素な寝台だった。ここはどこだろう？　なぜクロエではなくフローレンスがそばにいる？　疑問が次々わいて、ひとまず半身を起こそうとすると、身体がぐらりと傾いだ。

「ああ、無理に起きようとしないで」

「ここは？　わたしはどのくらい寝ていた？」

「今わたくしたちがいるのは、聖ヘレナ教会です。聖爵の監視役から連絡が入って、ちょうど任務のなかったわたくしが駆けつけたんですよ。貴女《あなた》が倒れてから今日は五日目。お医者さまが毎日、今日が峠だというので、そのたびに祈禱《きとう》をしていたんですけど、通算五回目の峠で、ちゃんと戻ってきましたね」

「五回って……」

ひよわなくせに、なんてしぶとい身体なのか。

思わず舌打ちをしかけて、エマは口を閉ざした。フローレンスに対して苛立《いらだ》っているわけじゃない。自分のしぶとさに辟易《へきえき》したのだ。五回死にかけてもまだ戻ってくるなんて。

――もう目覚めなくたってよかったのに。

ちらりと頭をかすめた弱音に苦い気持ちがこみ上げた。

「エマ、すごくうなされてました。あの駄犬が何かしたんですか？　だったら、わたくし、あいつをとっちめてやりますよ」

「いや……今回ヘマをしたのはわたしのほうだから……」

「愚痴ならいくらでも聞きますよ」

「……うん」

「でも、話せないエマでも、わたくしの大切なひとなのは変わりませんから」

半身を起こしたエマをフローレンスは抱きしめた。ミサで使われる乳香の残り香が髪からふわりと香る。慣れ親しんだフローレンスの香りだ。

エマは自分の過去をフローレンスにほとんど話していない。クロエが何者なのか、自分たちのほんとうの関係についてもだ。ひみつばかりのエマをほかの退魔師たちは遠巻きにしているのに、フローレンスだけはなぜかはじめから『あなた強いんですね？』と興味津々でちかづいてきた。『わたしといても、べつに得はないぞ』とエマが言っても、『凜々《りり》しいひとがすきなので』と胸を張る。そういうフローレンスにエマも徐々に心をゆるしていったのだ。

「いつもあなたのそばにいることはできないけど、ともに祈ることならできるから」

フローレンスの肩に額をあてつつ、でも祈りなんて意味がないじゃないか、とエマは思う。シスターであるフローレンスはそうは思わないだろうけれど、エマの祈りに神さまが応えたことはただの一度もない。今だってそうだ。罰するなら罰しろ。そう思うのに、この身体はまだ現《うつつ》へと戻ってくる。これからどうしたらいいかもわからずにいるのに。

「家が……」

「うん？」

「家がなくなってしまったんだ。……わたしの家」

「家？」

「ほんとうははじめからなかった。わたしがあると思いたかっただけで」

「それはエマがときどき話してくれる家のこと？」

「……いつかそこにリルと帰りたかったのに」

とめどなく言葉がこぼれそうになったので、口を引き結ぶ。

わたしは何を言っているんだ。意味がわからない。わけがわからない。フローレンスだってきっと困っている。

途方に暮れてただ手を握ると、フローレンスはぎゅっと力強くエマの手を握り返してきた。いつかの夜会のときのように、何も言わずに、何も訊《き》かずに。

それから何度か眠ったり起きたりを繰り返して、三日が経《た》つ頃にはようやく身体を起こせる程度には回復した。そのあいだ、フローレンスはつきっきりで看病をしてくれた。

夜、燭台《しょくだい》を置いた書き物机のうえで、エマはナターリエあての手紙をしたためる。

ダリア妃の障りの原因になっている魔物と、十一年前に離宮を襲った魔物の正体。ほんとうはナターリエと直接話したかったのだけれど、ちょうど月に一度の王侯会議に出席しているようで、すぐに会うことは難しい。

ペンを置いたエマは、窓の外に気配を感じて目を上げた。

やはり人影がある。息をつくと、肩にかけたガウンに手を添えて、エマは窓をひらいた。

「入らないのか、クロエ」

ここは一階だ。暗闇に向かって声をかければ、野薔薇《のばら》の茂みからそろりとクロエが顔を出した。ちぎれた右腕は元通りになっている。

「だってさあ……」とクロエは叱られた子どもみたいに目をそらした。

「姫さま、すごく怒ってたじゃない。リルのこと。……まだ怒ってる？」

「ゆるさないって言った。でも、もう怒ってはいない」

「なにそれ。やっぱり怒ってるんじゃない」

「怒ってないよ。ほら、中に入っておいで」

手招きをすると、クロエはひょいと窓の桟に飛び乗った。傍若無人にふるまったかと思えば、急にしおらしい子どものような顔をする。窓の桟にしゃがみこんだまま、クロエが部屋に入らずにいるので、エマは息をついた。倒れるまえに何度もきらいだって叫んだこと、もしかして気にしているんだろうか。

「来て」

言いながら自分から手を伸ばして、男の頬をぎゅーっと横に引っ張る。

「い、痛い、痛い。何するの？」

クロエが涙目になるが、引っ張るのをやめない。

だってエマはどこもかしこも痛い。おまえもすこしは味わえ。

「……リルが魔物だった」

俯《うつむ》き加減につぶやき、エマはクロエを振り仰ぐ。

「魔物だった！　ねえ、わたしはどうすればいい？　逃がしていい⁉　殺したくないよ！」

誰にも絶対言えない本音をぶつけると、クロエは瞬きをしたあと軽くわらった。やっと頬から離れたエマの手を反対につかんでくる。

「いーんじゃない？　逃がしたらいいよ。皆には内緒にしてあげる」

望みどおりのことを言われたのに、鈍い痛みが胸に生じる。

あいつを殺してリルは取り戻す。ずっとそう願って生きてきた。

善いとか悪いは関係ない。魔物につかまれた左足首の傷が痛むたび、何があってもあいつは絶対に殺すのだと何度も何度も心に決めた。それならば、エマはリルを殺さないといけない。白亜離宮の魔物はリルで、自覚がなかったとはいえ、リルを生みだしたのは幼い自分だったのだから。なすべきことはわかっているのに、いやだ、いやだと、まだどこかに残っている幼い自分が駄々をこねる。

——聖女さま。

リルカの街で、シャロンはエマに尋ねた。

——アユラはわるい魔物だったの？

あのときは嘘《うそ》を言ってごまかした。

でも、胸の底ではほんとうは思っている。わるくなんかない。アユラも。リルも。

あの子は幼いエマのさみしさを溶かしてくれた。そこにどんな作為や代償がひそんでいたとしても、ひとときのあいだエマと手をつなぎ、ぬくもりを与えてくれた。リルがいっぱいひとを殺していたって、その中にマリアや使用人たちが含まれていたって、ゆるせないけれど、ゆるせないと思うけれど、でも一方でぜんぶゆるしたくなる。もしリルを滅ぼそうとする輩《やから》がいたら、エマはシャロンと同じように手段を選ばず止めようとするだろう。愛は暴力的な嵐に似ていて、善悪も理屈ものみこんで、枠の向こうへ押し流してしまう。

だからこそ、ナターリエは言ったのだ。決して魔物を愛してはならないと。

エマはリルを愛した。だから見逃すのだろうか。彼女がこの先何をしてもどこまでも。

そして――とエマは目のまえの魔物に目を向ける。

同じようにこの魔物がいつかエマに従うのをやめて、手当たり次第殺しだしても、やはり自分は見逃すのか。どこまでも？

（……できない、それは）

切なさに似た痛みが生じて、エマはクロエの首に腕を回す。自分の肩へ頭を引き寄せると、糖蜜と薄荷の香りが強くなった。魔物の香りだ。憎らしくていとしい、あの子の香りだ。

「滅ぼす」

クロエを抱き締めたまま、囁《ささや》くような声でエマは言った。

「あの子はわたしが滅ぼす」

「──ほんとうに？」

「うん」

腕をほどくと、「姫さまにできるかなあ？」とクロエは意地悪く肩をすくめた。

見透かすみたいな言い方が癇《かん》に障って、エマはクロエを睥睨《へいげい》する。

「だから、おまえが力を貸すんだ。わたしの魔物」

月のひかりを肩に受けた魔物はいつもより表情が薄いせいで、ひとならざるうつくしさのほうが際立って見えた。琥珀《こはく》の眸《ひとみ》を眇《すが》め、魔物は軽く鼻でわらった。ひとって面倒だなあ、とつぶやいたあと、窓の桟から部屋の内側に入ってくる。

「もちろん。貴女が願うならなんだってするよ、僕のたったひとりのお姫さま」

◆◇

数日後、なんとか自力で歩けるところまで回復したエマはリトルトン宮殿に上がった。

ダリアに呼ばれたのだ。

「体調を崩したと聞いたけど、もう平気なの？」

エマを目にしたダリアは、にこりともせずに尋ねた。宮殿に滞在した短い期間でこの妃《きさき》の性格は多少なりとも心得てきたので、べつに機嫌がわるいわけではない、とエマにもわかった。

「問題ありません。今晩、鏡の魔物を祓《はら》います」

ダリアを見つめ、端的に告げる。

寝台から起き上がれなかったあいだ、ナターリエを通じてダリアには事の次第について報告が上がっている。体調が整い次第、エマが魔祓《まばら》いをするということも。ちなみにエマが不在のあいだ、万一に備え、ダリアの護衛役をしていたのがすこしまえに後方支援に回ったフロイドだ。エマの回復を見越すと、顔を合わせることなく王都に戻っていったので、お礼は伝えそびれてしまったが。

「以前、わたくしの部屋にあった鏡が魔物を呼び寄せていた元凶らしいと聞いたわ」

くだんの鏡が掛かっていた暖炉のうえへ目を向け、ダリアが言った。

「そのようです。あの鏡は映った人間が願う人間をつくりだしてふるまう。代償は相手の魔力」

エマのときは、双子の妹のリル。

オルコットは、彼のミューズとなる女性。

ダリアの場合は、きやすく話すことができる侍女だった。

「道理で『リル』が誰にも見えなかったはずね。でも、ナターリエが言うには、鏡がなくなってもまだ魔物が祓われたわけではないのよね？」

「ええ。あれはもとはただの鏡だったはずですが、今は魔物そのものになっている」

おそらくは幼いエマがありあまる魔力を与え、リルを生み出したときに鏡自体も変質させてしまったのだ。クロエによって上半分を滅ぼされたあと、リルは鏡のすがたでひとからひとの手に渡りながら、ひとの魔力を奪い、失った力を蓄えてきた。途中で離れられればよいが、運悪くずっと憑《つ》かれれば、魔力が枯渇して死に至る。

オルコットは短期間でリルと離れられたため、当人が受けた害は少なかった。彼自身はリルが奏でた音楽にずっと囚《とら》われてしまい、それが破滅につながったわけだけれど——。

ダリアの長すぎる妊娠の原因はリルだ。

ふつうの人間であれば、自分の生命を維持するために使われる微量の魔力しか持っていない。ダリアの場合、胎《はら》のなかの赤子とふたりぶんだったからこそ、通常の人間よりも長い時間、リルに魔力を与え続けても枯渇することはなかった。けれど、生命活動にもひずみが生じ、生まれるはずの胎児がその力を持てないまま、一年以上が経過した。

「ただ、妃殿下から『リル』はすでに離れているはずです。ひと月前、鏡が聖ヘレナ教会に移されたときに。リルのすがたをもうひと月見ていないでしょう？」

「ええ、そうね。でも……」

それではなぜ、おなかの子は生まれる気配を見せないのか。

不安げに眸を揺らしたダリアに「大丈夫です」とエマは言った。

「ひとに内在する魔力は、生命そのもの。妃殿下とおなかの子の魔力も徐々にまた満ちていくはずです。子どもは生まれます」

「言い切るのね」

「わたし自身が、何度魔力が尽きかけてもこうして生きてますから」

「五回峠を越えたひとだと実感がちがうわね」

フローレンスあたりから聞いていたのか、ダリアはおかしそうにわらった。さりげなく手を置いていたおなかのふくらみに目を向け、口をひらく。

「だったらエマ。わたくしのおなかに触れてくださらない？　《オランディアの聖女》に無事に生まれるよう祈ってほしいの」

「わたしは祈禱《きとう》は得意ではなくて……」

この国の妃殿下に乞われているのだ。断るなど本来ありえない話だが、エマは基本的に誰が相手でも祈禱の依頼は受けない。ただ、今はそれとはべつにリルを生み出したこの手で触れることにためらいを覚えた。

「……大切な子が流れてしまうかもしれない」

「流れないわ」

きっぱりとダリアは言った。

「元気に生まれてくるに決まっている。さっき、あなたがそう言ったんじゃない」

ほら、と促されて、おずおずと手を伸ばす。

シュミーズドレスを押し上げるふくらみにおののき、手を引っ込めかける。そのまえにダリアの手がエマを捕まえ、おなかのうえにのせてしまった。やわらかなぬくもりが手に返る。軽く目をみひらき、エマはそろりとおなかを撫《な》でた。異母きょうだいが眠る、あたたかなまるみを。つめたかった指先に熱が伝わり、じんわり溶けだす。

「……無事に生まれておいで」

聖句を飛ばして、なんの変哲もない言葉がこぼれてしまう。

「おねがい。生まれてきて」

撫でたのは自分なのに、なぜか自分のほうが撫でられた気がした。

「姫さま、調子はどう？」

「問題ない」

月がない、星明かりだけが灯《とも》る夜である。高い針葉樹が立ち並ぶ森は静かで、エマとクロエが立てる足音だけが聞こえている。

リトルトン宮殿からすこし離れた場所に広がるフェルマの森だ。先導するクロエがカンテラを掲げているおかげで、足元が見える程度の明るさはあるが、地面に這う木の根のせいで、すでに何度かつまずきそうになっている。この森には、《聖女の杖《つえ》》での修業時代に、フローレンスと入ったことがある。魔物を退けるお守りにもなるヤドリギを取りにいったのだ。

「もうずいぶん息が上がっているように見えるけど？」

「うるさいな」

「抱き上げてさしあげましょうか？」

「結構だ」

言い合っているうちに視界がひらけ、ちいさな泉が現れる。

透きとおった水面《みなも》には夜空の星が映っていた。

あれがいいな、とつぶやき、エマは足を止める。

かがんで泉に手を入れると、ひんやりした水の温度が伝わった。

「言っておくけど、魔術が編めるのは一度きりだよ。貴女《あなた》の体力的に」

「わかってる。なら、一度で決めよう」

息をつき、エマは水中に手を入れたまま魔力を注ぎこんでいく。

かつて幼いエマはありあまる魔力を苗床に「リル」を生み出した。だとすれば、エマなら自身の魔力を媒介にリルを呼び出すこともできるはずだ。ただ、魔力がありあまっていた六歳の頃とはちがって、エマの魔力は今大半がクロエとの契約に使われてしまっている。下手すると、内在魔力を使いきって死に至る。

暗かった水面に銀のひかりがぽつぽつと灯り、エマの手を中心に水流が起こりはじめる。やがて確かな感触が手に返り、水面に薄氷のような鏡が浮かんだ。

鏡面に映った「エマ」が小首をかしげ、「おばかさん」と水の向こうから揶揄《やゆ》する。

「わたしを呼び出そうとしているわね？　いやよ、行かない。エマったら、こわい顔してるもの」

「かんちがいするな。決めるのはわたしだ」

エマは髪飾りから引き抜いた銀針で鏡の中心を貫いた。

亀裂が走り、鏡面に映るリルの像がひび割れる。

「おばかさん！　鏡を割ったくらいじゃ、あなたのわたしは消えない！」

「知っている、クロエ！」

鏡に銀針を突き立てたまま、エマは魔物を呼ぶ。

「はい、エマ」

応じるクロエの手元で銀の炎が噴き上がった。

きづいたリルが逃げ出そうとする。だが、リルの像を捕らえた銀針のせいで動けない。

手の中で銀針が小刻みに震えだし、エマは負けじと両手を重ねた。

「あなたがわたしを生んだ！」

銀針を引き剝がそうとしながら、リルが叫ぶ。

「それなのに、わたしを捨てるの、エマ⁉」

鏡から伸び上がった二本の手がエマの手をつかんだ。ぎりぎりと爪を立てられ、手の甲に血が滲《にじ》む。くしゃりと眉根を寄せる泣き顔は記憶の中のリルのままだ。ふいに叫びだしたいような衝動に駆られ、エマは歯嚙《はが》みする。

「ああ、そうだよ……」

ひび割れた鏡の端で破片が砕け散る。

抱きしめるように銀針を握りながら、エマはつぶやいた。

「そうだよ、だから」

銀針からエマの手を外そうともがくリルの白い手にくちづける。驚いた風に一瞬動きを止めた手から、唇を離した。みひらかれた深青の眸《ひとみ》と鏡越しに見つめ合う。

「──滅ぼせ、クロエ」

放たれた銀の矢が稲妻のように鏡の中心を穿《うが》つ。

灼熱《しゃくねつ》の炎が鏡全体を融《と》かし、リルの手がはらはらと灰に変わる。白銀の髪も深青の眸も、燃え上がって消えていく。エマ、と灰のひとひらに転じながら、リルが何かをつぶやいた。愛している、とも聞こえた。呪ってやるとも。どちらでもいい。どちらも同じだ。愛しているし、呪っている。わたしだっておんなじだ。

最後のひとひらが風に流されて消え、水面は何事もなかったかのように再び夜空を映した。

息を吐き出し、エマは草むらに横たわる。リルと一緒に炎にのみこまれた右手は、魔術によって傷つけられたのか、輪郭が揺らぎ、銀の粒子がはらはらとこぼれ出していた。

身体《からだ》が鉛のように重い。魔力が尽きかけているのだとぼんやり察した。

半分透けた右手から夜闇《よやみ》に流れ続ける銀のひかりを目で追っていると、ぐいとエマの手をクロエがつかんだ。

「……もしかして、わたしも消える？」

「さあ、どうかな」

首をすくめ、クロエはかがむ格好でエマを見下ろした。

「消えるなら、約束どおり魂はおまえにあげる」

「──おどろいた」

「うん？」

「そんなことを言う貴女にこれまで一度も会ったことがなかったからだよ」

「ふふ。なんでだと思う」

「なんでだろう？」

──おまえを十人目にあげたくないからだよ。

思ったけれど、言わなかった。エマがエマであるうちは言いたくない。ひみつは明かさないし、心は渡さない。口の端を上げて意地わるくわらったエマを、クロエは目を眇《すが》めて見つめる。そして息をついた。

「……失敗」

クロエはなぜか舌打ちをした。

つかんでいた手に唇が触れると、流れ続けていた銀の粒子が止まる。代わりにそっと何かを吹き込まれた。冷えきっていた身体にひたひたとあたたかなものが満ちていく。すべてを注ぎきってしまうと、横たわっていた身体を膝の下に手を入れて抱え上げられた。

「何をしたんだ？」

「姫さまの魔力が尽きるまえに足してあげたの。あと手の傷も治した。感謝して？」

不服そうに紡がれる言葉に、エマは瞬きをする。

魔力を糧とする魔物にとってそれがありえないことなのはよくわかる。第一、あのまま放っておけば、エマは魔力が枯渇して死に、クロエは魂をもらえたのだ。

「……なんで？」

「貴女が謎かけみたいな遺言を残すからだよ。ずるい。意味がわからない。これから千年、僕はその意味を考え続ければいいのか？」

「べつに難しいことは言ってないだろう」

「なら教えて？」

「いやだ」

人間なら誰でも解す愛がこの魔物にはわからないのかと思うとおかしくなった。

もう黙れというようにエマはクロエの首に腕を回す。はずみにフードが頭から落ちて、木々のあいだから射《さ》し込む星明かりがエマを包んだ。指先に夜風が滑る。リルにつけられた二本のひっかき傷がぴりりと痛んで、「痛い」とエマはつぶやいた。眸のふちから何かがあふれてくる。それが頬を伝うまえに目を瞑《つぶ》り、クロエの肩に顔をうずめた。

「痛い。契約者を燃やすな、ばか」

「貴女が命じたんでしょうに。ほんとう悪口ばかりの姫さまだなあ」

　さざめきわらって、クロエの腕がエマを引き寄せた。

◆◇

　古い記憶がある。

　――願い？

　尋ねた幼いエマに『そう、願い』とかがんで目線を合わせたクロエが顎を引く。

　惨劇のあとの白亜離宮は、血と肉片に変わった遺体が折り重なっている。その中でクロエはただひとり、一抹の返り血も浴びず、彫像のようにうつくしい。

『なんでもいいよ。なんでも叶《かな》えてあげる。逃げた魔物を殺すでも、王の首を獲《と》るでもなんだって。貴女の心からの願いを僕に教えてよ』

　琥珀《こはく》の眸に映った自分のすがたをエマはぼんやり見つめる。血がこびりついた手はかじかんでいて、指先に感覚がない。心からの願いなんて言われても、何も思いつけなかった。

　かあさまは死んでしまった。リルはいない。ここはとても暗くて心細い。

大波のように不安が押し寄せてきて、エマはしゃくり上げる。べそべそとひとり泣き続けていると、エマの答えを待っているらしい魔物がふいに頬に手を伸ばした。頬を濡《ぬ》らす涙を指先で拭《ぬぐ》われる。魔物の手は陶器のようにひんやりしているのに、ほんのすこしだけあたたかい。……そう、ふしぎとあたたかいのだった。

頬に添わせられた自分より大きな手に、エマはそっと手を重ねる。

考えるよりもまえに、心が言葉になった。

『おねがい。ここにいて』

それはちいさかったエマのささやかな願い。

魂をかけた唯一の願い。

魔物は軽く目を瞠《みは》らせたあと、甘い微笑を湛《たた》えてエマを見つめた。

『はい、エマ』

応える声とともに、頬から下ろされた手にくちづけが落ちる。

銀のひかりが火の粉のように舞いあがった。

『なら、ここにいましょう。いつか貴女の命が尽きるその日まで』

かくして九度目の契約は結ばれ、クロエはエマとの約束を守って今もここにいる。

終章

――おまえに名前をやろう。

こちらの世界に召喚されたばかりの自分に、名前をつけたのはオフィーリアという少女だった。ひとと魔物の契約は、互いの名前を呼び合うことで成立する。当時の自分はひとに呼ばせる名前を持っていなかった。そのことを伝えると、ならわたしがつけてやる、とオフィーリアが請け負った。

『クロエ』

白銀の髪に深青の眸をした少女は、皮肉そうに頬をゆがめた。

「わたしの双子の妹の名だ。数か月まえ、蛮族に殺されたが」

クロエは人間でいうところの女のすがたで、この世界にはじめて召喚された。魔物がかたどるすがたには、契約者の願いが無意識に反映される。オフィーリアは男がきらいだった。理由は男に妹を殺され、男に手籠めにされたからだ。のちに「魔女」の悪名がつく彼女はもとは小国の姫で、征服したオランディア王国の王に貢ぎものとして捧《ささ》げられた。

彼女の気高さと高慢さは、異国の男のものになることをゆるさなかった。

クロエを呼び出したオフィーリアは、王の首がほしい、とクロエに願った。

いくら歴戦の王とはいえ、人間ひとりを殺すくらいクロエにはわけない。オフィーリアも参列する戦勝の祝賀会で、王の首を銀の刃で切り落とし、ついでに燃え上がらせた。

当時のオランディア王宮には宮廷魔術師が多く存在した。王の異変に駆けつけた魔術師たちは、クロエを捕らえようと術を放ち、近衛兵《このえへい》たちも矢と剣で応戦する。

どれもクロエにはわらえるくらいたいしたことがない。編み上げた魔術ですべてを殺すと、壮麗なオランディア王宮は一転、血の海に転じた。今だったら、やり方を一考したかもしれないが、千年前のクロエは召喚されたばかりの、ひとのことわりを知らない魔物だった。オフィーリアに命じられるまま、殺して、殺して、殺しまくった。

大量の命を吸い上げ、高濃度の魔力が何度も炸裂《さくれつ》したその場所は、空間がひずみ、本来別個に存在していたはずの異界とオランディアの国土は一部が溶けあってしまった。今もなお、オランディア王国が「魔女の呪いを受けた国」と呼ばれ、魔物が多く発生するのはこのためである。

「この女だ！　この女が魔物を呼び出した！」

ことにきづいた近衛兵が王の首のまえで微笑《ほほえ》むオフィーリアを羽交い絞めにする。

「いいぞクロエ、わたしにかまうな。もっとやれ」

赤い返り血に身を染め、高らかに哄笑《こうしょう》するオフィーリアをわずかに生き残った人間たちが蒼白《そうはく》な顔で見つめる。クロエが近衛兵も灰に変えてしまうと、オフィーリアは足元に転がった剣を拾った。鼻歌でもうたいだしそうな機嫌のよさで、剣の刃を己の首に押しあてる。そこに至っても、クロエには彼女が何をしようとしているのかさっぱりわからなかった。

「だけど、わたしはおまえのものにもならない」

オフィーリアがかき切った首筋から血が噴き上がる。

視界を赤一色が染めていく。

その光景につかのま目を奪われた。

一瞬で死ぬかよわい生きものに、永劫《えいごう》を貪るこの自分がひととき釘付《くぎづ》けになったのだ。絶対だと思っていた力関係をくるんと反転させられた気分だった。彼女は勝利し、クロエは敗北した気がした。

彼女が遺《のこ》していくものの不穏さにぞっとする。なぜだろう。彼女はもう死ぬのに、わけもなくうれしい。いったいこれはなんなのだろう？

のちにはじまりの魔女と呼ばれる少女、オフィーリア。

彼女はその湖のような魔力でクロエを呼び出し、大量の人間を殺させ、そして鮮やかに逃げ去ったのだった。たった三日間だけのクロエの最初の契約者だ。

◆◇

ダリア妃が王子を産んだのは、鏡の魔物事件からひと月後のことだった。

産後のひだちもよいそうで、母子ともども元気だという。

街に出たついでに仕入れてきた祝報を伝えると、窓辺で書き物をしていたエマは「ふうん、そうか」と淡白な返事をした。しかし、クロエが室内の拭き掃除をはじめてしばらく経《た》つと、音程の合っていない鼻歌をうたっていた。エマは表情筋はあまり仕事をしないが、存外感情豊かである。でも、エマ当人だけがきづいていなくて、そこがおかしい。

数日後、祝賀のフラワーバスケットがそこかしこに飾られる街へ、クロエはエマについて外出した。季節は夏に向かう途上だが、エマは相変わらず聖庁支給の灰色のローブを着ている。

道端の花売りから白百合《しらゆり》を買い、エマが向かったのは、市民参拝用の王族の墓地だった。

クロエは知らなかったが、なんでも王族は実際に遺体が眠る墓地と、市民参拝用の公開墓地のふたつがあるものらしい。公開墓地は庭園も兼ねていて、今は淡紫のリラの花が咲き乱れていた。

歴代の王族たちが眠るため、マリア妃のほかにも、死産した王女リルやエマ自身の墓もある。エマがこの場所に足を運ぶのははじめてのようだった。しばらくすると、聖爵《せいしゃく》のナターリエがやってきて、エマが置いた白百合の横に花を置く。ふたりは和やかに話しはじめた。ダリア妃がエマに感謝をしているとか、生まれた王子の名前がどうだとか、クロエにとってはまるで興味がない内容ばかりだ。

暇になったので、離れたケヤキの樹《き》の下に腰を下ろしてあくびをした。

空は晴れていて、庭園に吹く風は爽やかだ。読みさしだった小説をひらいていると、

「暇そうですね」

ナターリエの従者の少年、モモがとなりに立った。

「暇だよ。墓をありがたがる人間の感性は、いまだによくわかんないな」

「彼らは短命だから、我々と考え方や感じ方がちがうんでしょう」

平然とのたもうこの少年もまた魔物である。

数十年前にナターリエに召喚され、以来、何度も顔を変えながらずっとそばに仕えている。オランディア聖庁を統べる聖爵が魔物憑《つ》きとは誰も思うまい。それなりに高位の魔物

でなければ、ふつう退魔師たちの目を欺くことはできないが、モモは魔術を編む力を持たない代わりに擬態がいっとう巧《うま》い。この魔物はオランディア国内の諜報《ちょうほう》のためにナターリエが使役していて、少年でないときは鴉《からす》のすがたを取る。リトルトン宮殿の屋根で話したあの鴉だ。

「おれはずっとふしぎだったんですけど」

あるじの背中をまぶしげに眺めつつ、モモが言った。

「あなたほどの方が、契約者の魂を八度に渡って取り漏らしている。そんなこと、ありうるんでしょうか」

「彼女たちは逃げ足が速いんだよ」

「逃がしているのまちがいでは？」

間髪をいれず返った指摘にクロエは目を瞬《まばた》かせた。

「あなたはかつて比類なく強く、誰もがひれ伏す力を持っていた」

モモはなんだか憐《あわ》れむようにクロエを見た。

「それなのに、今はあんなちっぽけな湖に執着している。千年のあいだ、人間の娘を追いかけ続け、いまや雑魚でも傷つけられるほど、その身は弱くなり果てた。このまま格を下げて、同胞に食い殺されるか、あるいは人間に封じられる末路を選ぶおつもりか」

「なんだ、君は僕の心配でもしてくれているのか」

「忠言をしている。同胞たちの代わりに」

モモの言うとおり、この千年のあいだに、クロエの魔物としての力の格は二つも三つも下がった。何しろ八回分の契約の代償をもらっていない。一回や二回ならそうたいした話ではないけれど、八回はさすがに異常だ。以前であれば、リル程度の魔物なら一瞬で焼き滅ぼせた。ちょっと油断をしていたからって、右腕を落とされるなんて論外だ。

「君の目に映る僕は憐れなのかい？」

「我々の中ではひどく変わってはいますね。ひとをたぶらかす魔物がひとに囚《とら》われるとは」

「ふふ。ひとの世では、そういう理不尽な仕打ちを『恋に落ちる』っていうらしいよ」

「誰です、そんな馬鹿なことを言うのは」

「ロマンス小説」

クロエは手に持った小説をひらりと振った。

千年のあいだにクロエが出会った九人の契約者たち。

彼女たちはいつもクロエのまえで、鮮やかに命を散らしていく。

止めるすべはいくらでもあるのに、確かにクロエはすきにさせている。自らの意志で彼女たちとの追いかけっこを続けているのだ。きっとこの先も。弾《はじ》ける火花のように一瞬で燃え尽きる彼女のすがたに目を奪われた、その瞬間から。

「いつか身を滅ぼしますよ」

「そうしたら、石になまえでも書いて花を置いてくれ」

エマとナターリエの話は終わったらしい。エマを残して墓から離れるナターリエのもとにモモが駆け寄った。

庭園から去っていくふたりの背に一瞥《いちべつ》を向け、クロエはエマのかたわらに立つ。

「実はひとつだけ気になっていたことがあって」

リルのなまえが書かれた墓を見つめ、エマがぽつりとつぶやいた。

「なぜリルはずっと、わたしが最初に与えたすがたでひとびとのまえに現れていたんだろう。オルコットやダリア妃——それぞれに応じてすがたを変えてもおかしくなかったのに」

「姫さまはどう思うの？」

ううん、とエマは難しそうな顔をした。

「わたしと同じ顔で動いていたら噂《うわさ》にはなるし……わたしを呼び寄せて十一年前の借りを返させるつもりだったとか……」

「ふふっ」

「なんだよ」

「姫さまは真面目だなー。そんなの、ただ気に入ったからだよ」

「は？」

「あれは『リル』の役がいっとうお気に入りだったんだ」

魔物とは己の欲望にこそ忠実な生きものである。理屈や合理性はある意味二の次だ。

エマはしばらくのあいだ何か言いたげにしていたが、やがて深く息をついた。そうかもしれない、とちいさな声でつぶやく。

「それで？　クソ聖爵との退屈なおしゃべりはいかがだったの？　姫さま」

穏やかな陽が射《さ》す庭園を見渡し、クロエはエマに問いかける。

「べつに。これからも退魔師を続けるという話をしただけだ」

「リルはもう見つけたのに？　仕事熱心だねえ」

「それが今のわたしにできることで……やりたいことだと思ったから。ほかに金を稼ぐ方法も知らないし」

ふうん、とクロエは気のない返事をする。

エマがやりたいことが退魔師だろうと、修道女だろうと商人だろうと、クロエはなんでもよかった。ただまあ、この先も仕事にかこつけてエマとあちこち旅ができるのは楽しいかもしれない。その程度である。

「クロエ」

リラの花びらをのせた風が吹き寄せ、エマの白銀の髪をかき乱した。ドレスについた芝を払って立ち上がったエマが口をひらく。何かまた悪態でもつくのかなと思ってクロエはエマの言葉を待った。それもかわいい。エマの悪口ならいくら聞いていても飽きない。

「いい風だな」

風に髪を遊ばせながら、エマは目を伏せて微笑んだ。

はじめて見せるまどろむような彼女の表情にしばし見惚《みと》れたあと、クロエはちいさく噴き出した。きづいたエマが表情を引き締めて「なんだよ」と不機嫌そうに言う。

「なんでもなーい」とわらった。わらいながら、心地よい敗北感にも駆られている。

千年の時を渡る中で、クロエはいつもこの娘に還《かえ》っていく。

何度繰り返しても飽きることなく、ただひとりこの娘へとかえっていく。

エマはよく夢のように「家がほしい」と語った。

おおきな家。庭付きの日当たりのいい家。

クロエにとっては、この娘こそが家だ。

窮屈で気難しく、永劫《えいごう》の生にはあまりにたわいもない、一瞬の輝きのような「家《あなた》」。

もし神という意志があるなら、これはなんて甘やかな罠《わな》なのだろう？

家《あなた》に囚われて、きっともう抜け出すことはない。

「行こうか、クロエ」

正午の鐘が鳴る。ドレスをさばいて彼女が身をひるがえしたので、クロエはそれを追いかけ、彼にとっての唯一のなまえを呼んだ。

「はい、エマ」

お便りはこちらまで
〒一〇二―八一七七
富士見L文庫編集部　気付
水守糸子（様）宛
夏目レモン（様）宛

富士見L文庫

聖女《せいじょ》と悪魔《あくま》の終身契約《しゅうしんけいやく》

水守糸子《みずもりいとこ》

2023年4月15日　初版発行

発行者　山下直久
発　行　株式会社 KADOKAWA
〒102-8177　東京都千代田区富士見2-13-3
電話　0570-002-301（ナビダイヤル）

印刷所　株式会社暁印刷
製本所　本間製本株式会社
装丁者　西村弘美

定価はカバーに表示してあります。　◇◇◇

●お問い合わせ
https://www.kadokawa.co.jp/（「お問い合わせ」へお進みください）
※内容によっては、お答えできない場合があります。
※サポートは日本国内のみとさせていただきます。
※ Japanese text only

ISBN 978-4-04-074871-9 C0193